KB017481

좋음과 싫음 사이

좋음과 싫음 사이

서효인의 6월

ㄴㄴ> <ㄷㄴ

짠하고 뿌듯한 친구들과

그중 가장 친한 나의

아내에게

차례

작

가

의

말

용기 내어 하는 말

 6월을 좋아하는 줄로만 알았다. 사람이 참 단순해서, 둘째와 나의 생일이 있어 그랬다. 아내의 생일은 3월이고 첫째의 생일은 2월이니, 우리 가족의 반절이나 6월에 태어난 셈이다. 이런 단순하고도 가부장적인 이유로 6월을 점찍어 놓고서, 다가오는 더위를 기다리는 것처럼 무력했다. 잔뜩 기대한 생일 저녁처럼 문득 아무것도 없는 느낌이었다. 그럴 때 생각했다. 생일 뭐, 다른 날이랑 똑같지. 이제껏 살아온 날과 다를 바 없지. 오늘이 지나면 내일이 오늘이 되고, 다른 내일은 또다른 오늘이 되려 저 밖에서 시간만 기다리고 있고…… 그런 반복일 뿐이지. 그래서 지극히 지난한 글을 쓴 것 같다. 너무 많이 토로하고 실로 자주 고백했다. 그렇게 아무것도 없는 게 아님을 증명하고 싶어 손톱 갈라지도록 캐고 쓸어 달을 채웠다.

……그렇다고 하기에는 내 손은 너무 멀쩡한 듯하다. 이런 것이 괴롭다. 삶이 시가 되고 기억이 글이 되는 순간, 나는 나를 곧추세우거나 밀어 넘어뜨린다. 대단한 슬랩스틱과 일인극을 연출하며 누가 웃는지 누가 우는지 살피느라 바쁘다. 쓸모없는 과거를 전시한 채, 도록에는 허세와 비문이 가득하다. 그럼에도 용기를 내보았다. 하루하루 용기를 내어 써나갔다. 빈 문서 앞에서는 늘 용기가 필요하다. 아까 나를 괴롭게 했던 것들이 용기의 뜨거운 원천이 된다. 마흔이 넘었으니 이제 생의 절반이나 왔을까? 삶과 죽음의 경계를 함부로 재단할 수는 없지만 평균이라는 걸 따져보니 얼추 그렇다. 지난 절반을 바라보며 용감해졌다. 앞으로의 절반을 내다보며 무쌍해지려 한다. 그다음 다시 손을 펴볼 일이다. 무엇이든 묻어 있으면 좋겠다. 시와 산문은 물론 인터뷰와 짧은 소설까지 책에 실었다. 쓴 날짜와 고친 날짜 그 일이 있었던 시간과 그걸 기억해 써낸 순간이 생각보다 너르다. 그 너른 시간이 읽는 이에게 적절했으면 하는 마음이다.

본문에는 첫째에 비해 둘째가 많이 등장하지 않는다. 앞

선 책에도 그래서 내심 둘째가 섭섭해할까봐 걱정이다. 얼마 전에는 6월이 생일인 녀석과 단둘이 타이베이에 여행을 갔다. 나는 나대로 보호자로서 해외는 처음이라, 아이는 아이대로 보호자는 아빠 하나뿐이라 적잖게 긴장했다. 아이는 좋은 여행 메이트였다. 가는 곳마다 좋다고, 먹는 것마다 맛나다고 해주었다. 나는 부쩍 포부 당당해져서, 돌아오는 날에는 며칠 더 아이와 머무르며 온천이나 더 남쪽의 도시도 가볼 수 있겠다 싶은 것이었다. 이 아이가 나의 아이인 것은 크나큰 행운이 분명하다. 우리는 다음을 기약하며 예약한 비행편 그대로 귀국했다. 다음을 기약할 마음도 행운에 가까울 것이다. 이 책의 원고를 마무리하면서도 그랬다. 나와 책 모두 서로에게 처음이었고, 둘 다 서로의 보호자가 되었다. 다음, 다음의 다음, 그다음의 다음까지 계속 써야지 하는 생각이 들었다면, 다행인 거겠지? 읽는 이 또한 그렇다면 그보다 더 좋을 일은 없다.

근래 주변에 아픈 사람이 많다. 본인이 아프거나 당신의 부모가 아프거나, 아픈 줄 모르는 채로 아프다. 많은 글에서 아픔을 건너뛰고 죽음을 대한 듯해 민망하다. 아픔을 생략한 채 슬픔을 이야기한 걸까봐 두렵다. 나와 둘째는 모두 쌍둥이자리다. 쌍둥이자리는 제우스의 쌍둥이 자녀 카스토르와 폴룩스의 신화에서 비롯되었다고 한다. 둘 중 폴룩스는 신이 되어 불사를 얻었고, 카스토르는 인간으로 남아 죽음을 맞이했다. 폴룩스는 인간인 쌍둥이 형제가 죽자 신인 본인에게도 죽음을 달라고 제우스에게 간청한다. 그는 결국 죽어 동생과 함께 별자리가 되었다는 이야기. 그에게 영원히 살아 있음은 그저 고통이었기에 그는 영원한 삶보다 한 번의 죽음을 원했다. 반대로 이건 우리 둘째(또!) 이야기. 녀석은 요즘 죽음에 골똘하다. 멀쩡하게 주말을 보내놓고는 잠들기 전에 엄마도 아빠도 언젠가는 죽는 게 아니냐며 운다. 구슬프게 울다 잠든다. 그럴 때마다 나는 제우스의 아들과는 다르게 생의 의지가 솟구친다. 아프지 말아야지 다짐도 한다. 결국은 불가능한 일인 걸 뻔히 알면서도 그렇게 한다. 그럴 때 삶이 싫지만은 않지만, 언젠가 끝날 거니 마냥 좋은 건 아니다. 그저 그 사이에 있다.

하지만 당신은 아프지 않았으면 좋겠다.
복잡하고 혼란한 삶의 한가운데서, 오직

평화를 빕니다.

6
월
1
일

시

차와 침

믿기 힘들겠지만…… 특수학교 주차장에는 좋은 차가 꽤 많다. 외제차는 슬퍼 뵈지 않는다는 특징이 있다. 슬픔의 벤츠 슬픔의 비엠더블유…… 같은 건 우스꽝스럽지 않은가. 학생들이 파할 시간이다. 전철이나 버스에서는 쉬이 볼 수 없는 걸음걸이의 학생들이 한둘 운동장을 건넌다. 그는 손을 높이 들고 흔든다. 우리 아가, 우리 아가, 우리 아가…… 오늘은 친구들에게 침을 뱉지 않았니? 자동차보다 키가 큰 아가는 대답이 없고, 그는 자동차를 바꾸면 좀 덜 슬프려나 생각하기도 했었다. 과연 너는 오늘 침을 뱉지 않았는지? 아가가 대답 대신 침을 뱉었다. 외제차는 슬퍼 뵈지 않는다는 특장점이 있다. 전철과 버스를 탈 수 없는 아가를 차에 태우니 슬픔이 운동장 건너 썩 물러난다. 아가는 차창에 이마를 대고 입바람을 내고, 그는 핸들 중앙에 침을 뱉

16

어버리고 싶은 걸 꾹 참고 와이퍼로 얼굴을 닦는다. 말갛게 없어진 그것들이 조만간 다시 나타날 게 분명함을 알았다. 닦인 슬픔에서 침 냄새가 났다. 믿기 어렵겠지만.

6

월

2

일

에세이

태어나 얼마 있지 않아 심장 수술을 받은 은재는 이제 가족 중에 가장 감기에
덜 걸린다. 온 가족이 걸린 두번째 코로나도 혼자 비켜갔다. 십 년 사이 병원과
약국에 몇 번 들락거렸다. 아이보다 내가 더 사사롭게 자주 아팠던 것 같다. 이
글은 그 사이 어느 날, 약국에서의 회상을 쓴 것이다.

보호자-되기는 어려운 일이었다. 보호받기는 나도 몰래 그리되어 있었건만.

보호자-되기/보호받기

아이는 또래 아이들의 성장과 비교하자면 턱없이 느린 속도라지만 어쨌든 크고 있다. 아이는 아직 제대로 말하는 단어가 많지 않고 의사소통하는 데 어려움을 느끼지만 어쨌든 자라고 있다. 종아리에 제법 근육이 붙었고 원하는 게 생겼을 때 어떻게든 그것을 표현한다. 이 모든 것에 조바심을 내지 않으려 노력한다. 아이가 태어나 자라고 있음에 고마움과 자부심을 느낀다. 슬쩍 치켜올라간 눈매를 사랑하고 귀엽게 내려앉은 콧잔등을 좋아한다.

첫째는 다운증후군을 안고 태어났다. 지난 연휴에는 가까운 워터파크에 다녀왔다. 얕은 풀장에서 뒤뚱뒤뚱 걷던 녀석은 앞으로 넘어지기 일쑤였다. 물을 잔뜩 먹은 것 같은

데 뭐가 좋은지 웃으며 다시 도전했다. 그 걸음이 대견해 굳이 막지 않았다. 그렇게 감기에 걸린 것이다. 열이 오르더니 새벽에 깨어 엉엉 운다. 가래가 끓어서 잠을 못 자고 컥컥거린다. 첫째의 성화에 둘째도 잠에서 깨어 같이 운다. 이번 휴가는 동네 소아과에 가는 것으로 마무리해야 할 것 같다.

B산부인과

아이가 태어나자마자 보호자가 되어야 함을 잘 몰랐다. 상상했던 것과는 달랐다. 예정일을 앞두고 우리는 여러 용품을 쇼핑하고 집안을 정리했다. 곧 우리 품에 올 건강한 아이를 상상했다. 그 아이에게 태생적인 장애가 있을 것이라고는 추호도 생각하지 않았다. 건강한 아이의 평범한 보호자가 되길 원했던 것일지도 모른다. 조금은 특별한 아이의 남다른 보호자가 되고 싶진 않았던 것이다. 부모란 무엇인지 보호자란 어떤 사람인지 별생각이 없었을 수도 있다. 새삼스러운 말이지만 아이를 갖는 것은 처음이었으니까. 아이가 태어나자마자 구급차를 타게 될 줄은 몰랐다. 나는 다운증후군이라는 말에 세상 모든 것을 잃은 듯이 제대로 서 있지 못했다.

아이는 과호흡 상태였다고 한다. 물론 무슨 말인지 알아듣지 못했다. 가까이에 응급실이 있는 병원 중 하나를 선택해야 했고 어딘가에 서명해야 했다. 아내는 자신의 배에서 방금 나온 아이를 전혀 안아보지 못하고 그저 누워 있었다. 아이는 인큐베이터에 실려 긴급하게 병원 주차장으로 향했고 나는 거기가 어딘지 모르고 따라갔다. 지금 무슨 일이 일어나고 있는지 몰랐다. 모르고 싶었다. 영원히 몰랐으면 했다. 하지만 현실은 뚜벅뚜벅 걸어서 내게 왔다. 내가 해야할 서명은 보호자 란에 자리하고 있었고, 나는 그날부터 이 아이의 보호자, 즉 부모가 되어야 했던 것이다. 아이와 난 동시에 난생처음 구급차를 탔다. 내게는 서른두번째 겨울이었고, 아이는 태어나고 십 분 만이었다.

M종합병원

심방중격결손증, 폐동맥고혈압, 심장판막증…… 알아들을 수 있는 말은 없었다. 아이는 신생아집중치료실 인큐베이터에 홀로 있고, 아내는 산부인과 병실에 홀로 있었다. 나

는 병원 복도에서 손톱을 잘근잘근 씹으며 내 삶은 이제 끝
났다고 중얼거리고 있었다. 손톱이 점점 삐뚤빼뚤 날카로
워졌다. 어떤 신경증이 날 덮쳤다. 무엇부터 해야 할지 몰
랐고 굳이 어른스럽게 행동하려고도 하지 않았다. 신생아
집중치료실에서 면회는 부모에 한해 이십 분 남짓 주어졌
는데 그렇게 맞이한 아이와 짧게 대면하는 순간에도 나는
못된 마음만 품었다. 이를 어째야 하나, 이 아이를 어째야
하나, 우리의 삶을 대체 어떻게 해야 하나.

우는 동안에는 보호자일 수 없었다. 나는 나 자신의 마음
도 보호하지 못해서 눈물로 보호막을 치고 웅크려 숨었다.
산후조리원 예약은 취소했다. 아내는 일주일 넘게 사진으
로만 아이를 보았다. 우리 아이가 다른 아이들과 무엇이 얼
마나 다른지 잘 모르겠다고 했다. 나도 그랬다. 면회를 앞
두고 병실 창밖에서 손을 소독하고 있으면 정갈한 자세로
일회용 가운을 입는 다른 보호자들이 보였다. 그들과 내가
무엇이 다른지 애써 찾으려 노력했다. 치료실에는 미숙아
가 많았다. 엄마 배에서 조금 급하게 나온 아이들이었다.
그 친구들은 시간이 지나 보통 아이들과 같이 자랄 것이었

다. 내 아이는 확정적이고 불가역적인 장애를 안았다. 나는 그 점이 못내 섭섭하고 짜증스러워 잠든 아기 앞에서 얼굴을 펴지 못했다. 그때 나는 보호자가 아니었다. 누구도 보호하지 못하고 있었다.

대기중에 창문으로 치료실을 들여다보면 아이가 있었다. 다른 아이들이 조금은 힘에 부쳐 잠들어 있다면 내 아이는 두 다리를 허공에 뻗치고 힘차게 손가락을 빨고 있었다. 삼키는 것은 힘에 겨워 코에 호스를 연결해야 했고 몸 여기저기에 알 수 없는 선들이 달렸지만, 아이는 살아 있는 존재 자체였다. 손등에는 주사 자국이 여럿이었다. 혈관을 찾으려 고군분투한 흔적으로 보였다. 주사를 맞을 때마다 얼마나 아팠을까 생각하니 또 눈물이 나려고 했다. 그 순간을 어떻게 알고 아픈 아이는 배냇짓을 하며 웃어주었다. 울음이 미소로 바뀌는 데는 많은 시간이 필요하지 않았다. 그때 나의 보호자는 아이였던 것 같다. 아이의 작은 발바닥을 만지며, 오므린 손가락 사이에 내 새끼손가락을 조심스럽게 끼우며 아이의 온기를 느꼈다. 아이의 보호 덕분에 스스로 친 못난 보호막을 걷어내고 점점 보호자답게 변해가는 내가 느껴졌다.

약물만으로 치료가 가능하다던 의사의 말은 하루이틀 사
이 바뀌었다. 수술을 요한다고 하여 날짜를 잡고 기다렸다.
의사와 병원을 원망할 겨를이 없었다. 그 작은 몸에 메스를
댈 것이라 생각하니 내 몸이 움찔거렸다. 다시 며칠 후, 수
술을 하려면 보다 큰 병원으로 옮겨야겠다는 말을 들었다.
또 구급차에 올라야 했다. 또 서명해야 했다. 그새 나는 조
금 더 어른스러워진 것 같았다. 몸조리도 제대로 못한 아내
가 아이와 함께 구급차를 탔다. 나는 강변북로 위에서 구급
차 뒤를 따랐다. 차들이 길을 비키고 구급차는 빠르게 큰 병
원으로 갔다. 나는 출근길 러시아워에 갇혀서 천천히 마음
을 가다듬었다. 아이가 태어난 지 이제 겨우 삼 주였다. 강
물은 늦겨울 햇살을 튕겨내며 반짝였다. 도로의 차들은 매
연을 뿜으며 제 갈 길을 갔다. 심장이 더 빠르게 뛰는 것 같
았다. 심장과 다르게 도로는 꽉 막혀 있었고 아내에게서 잘
도착했다는 연락이 왔다. 아이의 심장이 어떻게 뛰고 있는
지 궁금했다.

S의료원

출산도 처음이고 신생아집중치료실도 처음이었지만 대형병원에서 보호자 처지가 된 것도 처음이었다. 온통 처음인 일뿐이라 긴장하지 않을 수 없었다. 몇 가지 검사가 이어졌고 주치의와 상담이 있었다. 최대한 건조하게 말하려는 게 느껴졌다. 건조한 가운데 최악의 상황까지 설명되었다. 최악의 상황이 적혀 있는 문서에 보호자로서 서명해야 했다. 아이가 태어나고 여러 차례 서명했다. 병원을 옮기기 직전 출생신고를 하면서도 그랬다. 이름을 쓴다는 것, 내가 누군지 밝힌다는 것에 중요한 의미가 하나 추가되었다. 어쩌면 그것이 전부일지도 몰랐다.

수술은 네 시간 넘게 소요됐다. 경과는 나쁘지 않았고 차차 회복되어갈 것이라는 판단을 의사는 들려주었다. 아내는 병원 침대에서 아이와 함께 생활했다. 나는 직장과 병원을 오가면서 이런저런 일들을 처리했다. 보호자가 둘이라 다행이라는 생각을 하면서 조금씩 몸에 붙인 줄을 떼고, 입으로 분유를 먹고, 가끔 옹알이도 하는, 환자복을 입은 삼십 일 아기를 함께 바라보았다. 아이는 여전히 우리를 보호하고 있었다. 휴게실에서 즉석밥과 컵라면을 교대로 먹었지만 나쁘지 않았다. 아이는 회복되고 있었고 나 또한 그랬다. 회복되고 있어서 다행이었다. 조금씩 아주 천천히 아빠라는 이름에 어울리는 사람이 되려고 노력했다. 나의 보호자는 명백히 아이였다.

수술 후, 상처에 소독약을 바를 때마다 아이는 크게 울었다. 많이 아플 것이었다. 아내는 그때마다 병실 바깥으로 나가 울었다. 나는 울지 않았다. 소독약을 더 잘 바를 수 있게 아이의 팔이나 다리를 붙잡고 있었다. 상처가 아물어야 집에 갈 수 있었다. 한때 못된 생각과 못난 행동을 보인 내게도 상처가 있었다. 아이처럼 소독약을 발라 쓰라리게 하여 그곳에 딱지가 앉고 그렇게 나을 수 있다면 어떤 통증도 참을 수 있을 것만 같았다. 하지만 그렇게 되진 않을 것이다. 대신 이 아이의 보호자가 되어 평생을 안고 가야 한다. 미안한 마음, 사랑하는 마음, 자랑스러운 마음, 숨기고 싶은 마음 모두.

병실의 다른 보호자들과 많은 대화를 나누었다. 세상에

아픈 아이들이 이렇게나 많다니. 언제 완치될지 모르는 병을 안고서 숱한 수술을 받는 아이도 많았다. 회복하고 퇴원할 우리를 부러워하는 보호자도 있었다. 태어나 이 년 동안 병원에서만 산 아이도 있었다. 우리는 모두 달랐다. M종합병원 신생아집중치료실에서 내가 미숙아들을 바라보며 가진 상념이 그들에게도 있었을까. 부모의 표정은 보호막 하나 없이 아이에게 노출된다. 병실의 보호자들은 그것을 숨기려 되레 더 크게 웃고 밝게 대화했다. 음료수를 나누고 드라마를 보며 이야기했다.

이윽고 퇴원할 때가 되어서 잘 지내라 악수하며 솔직한 표정을 지을 수 있었다. 정말 잘 지내시라고, 아이가 이겨낼 것이라고, 그렇게 되지 못하거나, 그렇게 하기가 너무나 어렵다 하더라도, 그건 우리의 잘못이 아니라고, 누구의 잘못도 아니라고, 말하고 싶었지만 그날따라 입이 무거웠다.

U약국

약을 받는 동안 둘째는 사방팔방 뛰어다닌다. 캐릭터가 그려진 비타민을 양손에 들고 까분다. 언니는 감기에 기운이 하나도 없는데, 녀석은 이제 말을 배워 신이 났다. 하나는 감기약, 하나는 비타민을 사서 약국 문을 나선다. 첫째의 등허리에는 수술 자국이 희미하게 남아 있다. 심장의 판막이나 다른 문제는 무사히 종료되었다. 어제의 심장 수술보다 오늘의 감기가 더 걱정인 것은 참으로 다행한 일이라 하겠다. 많은 시간 아이와 나는 서로를 보호하며 살 것이다. 그 끝이 어딘지는 모르겠지만 이 아이의 보호를 받는다는 사실에 고마움과 자부심을 느낀다. 그전에 감기나 어서 다나으면, 참으로 좋을 것이었다.

에세이

용돈금(1929~)

이토록 짠

명절마다 할머니와 나는 전쟁을 치른다. 설명하기엔 구차하고 복잡한 그저 그런 집안 사정 때문에 할머니는 머무는 곳 나주에서 손자의 집 파주까지 명절을 쇠러 올라왔었다. 할머니는 1929년에 태어났으니 오드리 헵번과 동갑내기다. 할머니와 헵번의 삶은 무척 다르다. 일제 치하에서 태어나 중일전쟁과 제2차세계대전, 해방과 6·25동란, 4·19혁명과 5·16군사쿠데타를 거치는 동안 할머니는 손맛이 좋고 고생길은 트인 남도의 여인으로 살아왔다. 하나뿐인 아들의 또 하나뿐인 아들인 나는 결국 당신의 유일한 손자가 되었다. 그리하여 어렸을 때부터 나는 할머니의 손맛에 자연스레 길들여졌다. 전라도 진도 출신에 무안과 목포에서 살았고 영광과 광주에서 식당을 운영했던 할머니는 특별한 요리보다는 그저 밥과 반찬을 잘 만드는 편이었다.

젓갈이 담뿍 들어간 김치와 시원한 물김치와 아삭한 깍두기는 모두에게 사랑받았다. 무나물과 숙주나물은 고소했고 오이무침과 오징어초무침은 상큼했다. 어리굴젓이나 고추장아찌는 멀리 사는 지인도 불러모으는 할머니의 '킬러 콘텐츠'였다. 특히 명절이면 할머니의 손맛이 총체적으로 축제를 벌였다. 육전과 굴전은 전의 제왕은 누구인가 서로 다퉜고 투박하지만 충분히 쫄깃했던 송편도 물론 좋았다.

군대에 가기 직전까지만 해도 나는 할머니의 음식을 곧잘 즐겼다. 조금씩 간이 세지긴 했지만 세상은 짠 음식의 간보다 늘 조금은 더 자극적이었으므로, 짠 것을 두고 짠 줄을 몰랐다. 점점 더 맵고 짜지는 음식과 함께 밥에 대한 할머니의 집착도 더 세졌다. 밥은 먹었는지 물어오는 안부가 늘었으며 언젠가부터 본인이 챙기지 않은 밥은 밥으로 쳐주지 않는 듯했다. 얼굴에 살이 쪽 빠졌다는, 사실과 전혀 부합하지 않는 주장을 굽히지 않았으며 없는 살림에 고기며 생선을 지지고 굽기에 바빴다. 그것들은 기름지거나 짜거나 과했다. 할머니는 혀가 마비된 것이다. 제자리에 박힌 나무의 운명처럼 반도의 여성으로 태어나면서부터 정해져 있던 밥상을 향한 할머니의 고행은 결국 미각을 잃어버리는 것으로 마무리되는 모양새였다. 그와 함께 할머니는 고집을 얻었음이 틀림없다. 유일한 아들의 인생이 보잘것없는 방식으로 실패했음이 여실히 드러나기 시작할 때부터였던 것 같다. 노인에게 상실감은 삶의 숙명일지도 모르지만 나는 어쩐지 죄스러워서 할머니에게 더 살갑게 굴려고 노력도 해보았다. 그러나 실패했다. 대신에 짜증이 늘었다. 그토록 오래 남편과 아들을 비롯한 남의 밥상을 차리고도 여전히 돼먹지 못한 손자의 끼니 걱정을 하는 노인의 고뇌를 받아들이지 못하게 된 것이다. 할머니는 여전히 뭔가를 만들고 볶고 지졌다. 할머니만큼 할머니가 되어가는 고모와 함께 사는 할머니는 보나마나 딸의 끼니 또한 걱정할 것이었다. 함께 밥상에 앉으면 당신은 이것을 먹어라, 저것을 더 주랴, 이것을 가까이에 놓고 먹어라, 라고 말한다. 밥상의 지배자, 밥상의 마에스트로, 밥상의 부처님 손바닥. 우리, 할머니.

눈물이 왜 짠지는 잘 모른다. 음식이 왜 짠 것인지는 잘 안다. 잃어버린 미각 때문이다. 할머니의 음식은 어느덧 맛

있는 음식이 아니게 되어버렸다. 나는 밥에 집착하는 할머니를 볼 때면 짠한 것을 마주칠 때와 같은 화증이 치민다. 결혼하고 나서는 더욱 그랬다. 가끔 나주에서부터 올라오는 택배가 저녁 늦게 도착했을 때 나는 아파트 거실에서 폭발하고야 말았다. 당신이 예전부터 해오던 방식으로 만든 반찬이 전라도에서부터 달고 올라온 쉰내를 풍기고 있을 때, 참치캔이며 치약이며 사과 몇 알이 부속처럼 상자의 어두운 곳곳을 채우고 있을 때, 단속하지 못한 액체가 흘러 상자 모서리는 젖고 벌건 국물이 뚝뚝 흐르고 있을 때…… 나는 지나치게 발달한 이 나라의 택배 시스템이 증오스러웠다. 그리고 슬펐다. 아직도 이것들을 담고 있는 할머니의 손이. 맛을 잃어버린 그 손이. 더이상 설레지 않는 그 짠맛이. 실패한 가계도의 유일무이한 피해자로 남아버린 용돈금(할머니의 이름이다), 당신이.

　용산역에서 노인을 맞이하는 일은 여간 괴로운 게 아니었다. 슬픔이 올라와서일까. 아니, 할머니가 에스컬레이터를 못 타기 때문이다. 주변에 승강기는 보이지 않고, 어쩔 수 없이 에스컬레이터를 타면 할머니는 내 팔목을 쥐어짜

듯 꼭 잡았다. 하지만 약했다. 살면서 몇 번이고 다시 떠오를 악력이었다. 차례상과 명절 음식의 규모를 두고 할머니와 역시 전쟁을 벌였었다. 결국에는 내가 이겼다. 전과 나물은 반찬가게에서 샀다. 송편은 떡집에서 샀다. 젊은 아내는 고깃국을 끓였다. 나는 설거지를 열심히 했다. 당신은 주방에 선 손자를 불편해했지만 아랑곳하지 않았다. 나는 당신의 남편 그리고 당신의 아들과 꼭 닮았지만, 꼭 다르게 살고 싶었다. 그들과 마찬가지로 당신의 손맛에 길들여진 남자이지만 그렇게 살고 싶지는 않았다. 쓸데없는 악력을 쓰고 있었던 것이다. 아내는 할머니께 살갑게 대하라고 핀잔을 주곤 했다. 나는 이청준 소설의 주인공처럼 큼큼 헛기침하면서 돌아누웠다. 멀리 밟아나갈 허연 눈길도 없는데. 솔직히 말하자면 지난 설엔 감칠맛 나게 짭조름하던 할머니의 예전 음식들이 조금 그립기도 했다. 그땐 참 설레었는데, 삶은 지속되고 나는 이제 여기까지 왔다. 그렇다면 할머니는 어디까지 온 것인지…… 나는 알면서도 모르는 척할 뿐이었다.

이렇게 명랑

　오랜만에 핫도그를 배달시켜 아이와 먹었다. 명랑핫도그를 아이와 같이 먹으니 실로 명랑해지는 기분. 오물오물 움직이는 아이의 입은 언제나 사랑스럽고, 그 앞에서 나는 한없이 명랑해진다. 오물오물 같이 핫도그를 먹으면서, 밝고 환해진다. 그때 아이가 말하는 것이다. 그날은 핫도그가 맛있는데 슬펐어. 맛있는데 슬펐다고? 나는 얼른 알아듣지 못하고 물었다. 그래? 언제?

　추석 연휴 남쪽으로 남쪽으로 하염없이 차를 몰고 가는데 아이가 핫도그를 말한다. 나는 졸리고 허리를 펴고 싶고 밤의 고속도로는 남쪽으로 가는 차들로 그득하고 허기와 요의는 번갈아 찾아오니까, 그럴 때는 핫도그가 좋겠지. 핫도그는 참 이상한 이름인 것 같다. 뜨거울 것 같고 귀여울 것 같고 델 것 같고 개 같을 것 같다. 할아버지는 화가 잔뜩 날 때 이 개 같은 것……라고 말을 시작하고는 했다. 할아버지가 돌아가신 날 아침 하굣길에 나는 친구와 핫도그를 하나씩 사 먹었다. 한 손에는 농구공을 들고 있었다. 농구공은 할아버지가 사준 것이었다. 농구공을 살 때 문방구 주인은 할아버지를 아버지라 오해했었다. 할아버지는 머리숱이 많았다. 군말없이 받아들이고 싶은 유일한 유전자라 할 것이다. 집에 도착하니 왜인지 부모님이 모두 집에 있었고 부산스러웠다. 머리숱 많은 내 할아버지가 돌아가셨다 했다. 내 손에는 핫도그 냄새만 풍기는 나무젓가락 하나가 들려 있었다. 할아버지가 사준 농구공이 힘없이 방바닥에 뒹굴고 있었다.

휴게소에는 사람도 차도 많았다. 허기와 요의를 느끼는 이들이 곳곳에 줄을 만들었다. 아내는 첫째와 차에 남고 나는 핫도그를 원한 둘째 손을 잡고 사람들 사이 줄의 비탈에 섰다. 내 차례가 점점 다가와 앞으로 네다섯 팀만 주문을 마치면 우리 차례인가 싶었다. 그때 전화가 왔다. 할머니와 지내는 고모였다. 휴대전화 화면에 고모가 뜨면 나는 조금

놀란다. 마치 어떤 소식을 예비하기라도 하듯이. 그 소식이 언제든 방문을 열고 들어올 걸 안다는 듯이. 조금은 놀라겠지만 사람은 언제든 죽고 특히나 노인에게 그것이 딱히 별일은 아니라는 걸 아주 잘 인식한다는 듯이. 하지만 고모는 늘 배를 한 상자 부치려고 한다거나 할머니 컨디션이 좀 괜찮아졌다거나 하는 말을 전할 뿐이었다. 이번에는 놀랍지도 않았다. 명절이니까. 고모에게까지 들를 만큼 연휴가 길지 않다는 말을 어찌 돌려 말하나 짧게 생각하며 전화를 받았다. 고모는 울었다. 몹시 흐느끼고 있었다.

통화를 하는 사이 내 앞에는 한두 팀이 남아 핫도그와 회오리감자와 맥반석오징어 사이에서 최종적인 선택을 결행하고 있었다. 이 줄에서의 의무를 다해야 하는 걸까? 일단 알겠다 하고 전화를 끊었다. 울음은 나오지 않았지만 당연하게 할머니가 떠올랐다. 할머니는 항상 먹을 것을 생각하고 걱정하고 물어봤지. 밥은 먹었는지 배는 안 고픈지 먹고 싶은 건 없는지 안 굶고 다니는 것인지 노심초사하였지. 허기와 요의는 온데간데없이 사라지고, 아이는 무슨 일 있느냐고 물었다. 얼버무리고 있는데 차례가 왔다. 핫도그를 달라고 했다. 받은 핫도그에 케첩을 지그재그로 뿌렸다. 할머니가 돌아가셨는데 케첩을 지그재그로 뿌렸다. 다디단 핫도그에 새콤달콤한 케첩을 뿌리고 있었다, 내가. 어떻게든 먹어보겠다고. 어떻게든지 먹여보겠다고. 그러니 할머니는 먹는 걱정은 하지 않아도 되었다. 그런 걱정은 정말 하지 않아도 괜찮았는데. 나는 이렇게 명랑한 사람인데. 할머니가 돌아가셨다고 하는데도.

아이와 명랑핫도그를 먹는다. 사전을 보니 명랑明朗은 흐린 데 없이 밝고 환하다는 뜻이라고 한다. 아이가 오물오물 무언가 먹는 모습은 한없이 사랑스럽다. 무엇을 먹고 싶은지 배는 안 고픈지 밥은 맛있게 먹었는지 묻고 싶다. 그것이 삶의 목적이라면 너무 단순한 걸까. 그럴지도 모르겠지만, 그게 점점 복잡해진다. 헤아릴 수 없이 복잡해진다. 사는 동안, 죽을 때까지, 그러할 것이라는 예감이 든다.

6
월
5
일

시

환승과 수락

처음 서울 올라와서는 전철 노선도를 유심히 보았다. 노선을 이탈하지 않으려 그것을 외웠다. 불경을 외듯 중얼거리며 서울의 크기를 가늠해보는데, 억겁이니 무량겁이니 백천만겁이니 하는 말도 있다는 걸 알았다. 내가 진짜로 중이된 것일까. 중얼거리며 다음 열차를 기다리며 노선도를 바라보며 이토록 수많은 역의 과거와 미래를 떠올려본다. 그들은 가까이서 보면 천천히 멀리서 보면 빠르게 늘어났다. 1호선은 1974년 8월 15일에 개통됐다. 2023년 7월 1일에 대곡소사선이 개통됐다. 역은 무한히 증식되었다. 역이 겹치면 환승이 가능했다. 내 집 앞에 역이 들어서면 많은 것이 바뀌었다. 누구는 환생하듯 집값이 올라 좋았다. 누구는 다시 태어나듯 이사해야 했다. 역과 멀리 떨어진 곳으로 가기 마련이었다. 역과 점점 멀리 떨어지며 역을 더 많이 생각했다. 역까지 가는 마을버스에서 오르막길에서 빙판길에서 장마철 맨홀 옆에서 역은 더 많이 생각났다. 계속 늘어나고 늘어날 뿐 결코 줄어들 일 없는 역과 역 사이에서 길을 잃을까 발을 헛디딜까 일이 잘못될까 걱정이었고 그래서 다시 경건하게 노선도를 외운다. 오늘은 문자가 왔다. GTX 역에서 십오 분 아파트 마지막 사억대 분양! 또 새로운 역이 생기려나 싶을 때 수락산역이 보였다. 아니 대체 어쩌다 무엇하다 어느새 누가 왜 여기까지 왔지? 노선도가 입을 벌리는데 무슨 말인지 알 수 없었다. 노선을 보다 노선을 어긋나 노선의 끝까지 와버렸고, 수락산역이었다. 지하에서 산경을 볼 수는 없었다. 나는 서울에 와 처음으로 지상에 나가는 기분이 되었다. 마지막 전철은 방금 떠났다. 여긴 환속할게 없구나. 나는 설빙을 찾았다. 역 앞에는 꼭 그것이 있었으므로, 그리고 경건하게,

6
월
6
일

시

카드와 뺨

이 동네 신용카드 배송원은 한쪽 다리를 전다. 기우뚱한 그의 몸이 기묘한 신뢰감을 형성한다. 믿지 않으면 천벌을 받을 것만 같다. 흡사 그에게 받은 봉투가 부적이 아닌가 싶다. 다리를 저는 배송원은 사인을 받더니 뒤도 돌아보지 않고 절뚝절뚝 되돌아 엘리베이터 버튼을 반복해 눌렀다. 사층이지만 사층 아닌 F층의 형광등이 고장나 깜박거렸다. 배송원의 급한 걸음처럼. 급한 것치고 빠르지 못하던 그의 자세처럼. 저건 언제 고치는 걸까. 오래된 건물의 관리인은 멀쩡하다. 내가 싸우면 질 것 같다. 하지만 이제 카드가 있으니 싸우지 않아도 된다. 싸우지 않을 수 있다. 싸우지 않는 게 좋다. 우리에게는 신뢰와 신용이라는 게 있으니. 우리에게는 신앙과 무속이라는 것도 있으므로. 요컨대 현대 사회니까. 부적에는 카드와 혜택을 설명하는 종이가 동봉

되었다. 종이를 버리고 카드를 챙긴다. 버린 종이를 다시 주워 꼼꼼히 읽는다. 거기에 변변찮은 인류의 운명이 적시되었다. 일별하고 다시 버린다. 글자를 믿지 않는다. 카드를 믿는다. 그것이 신용이다. 신용은 운명이다. 방금 가볍고 반듯한 운명이 발급되었으므로, 소비를 단행하기로 한다. 카드를 쥐고 빌딩 앞 편의점에 들어서자 F층에서 잠시 만난 배송원이 우뚝 선 채로 사발면을 먹고 있었다. 그의 다리를 쳐다보았다. 저게 멀쩡한가? 의심하는 찰나, 구부러진 카드 같은 그의 손아귀가,

6

월

7

일

시

냄새와 동물

그는 방금 카드키를 꽂은 모텔 방에서 개 오줌 냄새가 나는 걸 느낀다. 사람 오줌은 아닌 것 같다. 개 오줌 같다. 사람 오줌이면 참을 수 없을 것만 같다. 개 같다. 이 방 어딘가에서 사람이 바지를 내리고 오줌을 갈겼을지도 모른다고 생각하면 당장 어떻게 될지 모른다. 개가 뒷다리 하나를 들고 방의 한구석에 산책하는 듯 긴장하는 듯 오줌을 누었다고 생각하면 그럭저럭 괜찮기도 하다. 그는 인터넷 최저가로 예약한 모텔의 프런트에 전화를 건다. 여기 개 오줌 냄새가 납니다. 프런트에서는 말한다. 죄송합니다만 이곳은 애완견의 동반 입실이 금지되신 호텔이십니다. 여기가 호텔이라고? 개 오줌 냄새가 난다고 하니 사람이 왔다. 한 손에 페브리즈를 들고서 코를 킁킁거린다. 거참, 제가 하필 비염이라서…… 거참, 무슨 냄새가 난다는 말씀이신지…… 방에 홀로 남은 그는 심각한 요의를 느낀다. 내가 개가 된 것일까? 차라리 다행이라 여기며 한쪽 다리를 힘껏 들어본다. 왁, 소리를 질러본다. 이제야 기어코 업그레이드가 된 것만 같다. 팔꿈치를 바닥에 대고 고개를 처박고 오줌 냄새를 좇는다. 다시 프런트에 전화를 건다. 여기 사람이,

6

월

8

일

에세이

도서전은 매해 6월에 열린다.
2023년 서울국제도서전에 맞춰 쓴 글을 고쳤다.
고까운 마음 때문에 늘 괴롭다.

비인간적 장면 셋에 대한 인간적 감정 하나

#1

　야심과 뚝심으로 가열차게 만든 책 한 종은 초판 1,500부
도 소진되지 못하고 출고를 멈추었다. 1,500부가 조금 많았
던 걸까? 그럼 1,000부를 찍었어야 했나? 불과 얼마 전까지
만 해도 초판은 2,000부가 기본이었던 것 같은데, 아니 어
떤 선배들은 3,000부는 너끈히 찍었다고 했다. 아니 어떤
선생님들은 책을 내면 10,000부는 가볍게 팔았다고 했다.
아니 어떤 어르신들은…… 그 어르신들의 어르신들은……
이제 그런 이야기는 인간의 이야기가 아닌 선인들의 고사
처럼 느껴진다. 그때도, 좋았던 시절에도, 그때가 언제인지
모르겠지만, 출판은 불황이었을까? 완만한 하향 그래프를
그리는 업계에 몸을 담그고 있음을 체감한다. 체감하는 몸
을 가졌으니, 나는 비로소 인간이 된 것만 같다. 나는 인간

이 분명한 것이다. 글을 읽고 궁리하여 손보아 묶어 파는 인간이 아니라, 그저 하나의 몸으로서 인간. 책을 내며 그 책의 예상 독자가 몇 명인지 좀처럼 가늠하지 못한다. 엑셀 파일에는 인간 아닌 숫자가 가득하고 그것은 비극적이다. 수년 전보다 눈에 띄게 판매량은 줄어드는데 원자재는 광포한 인플레이션의 영향 아래 놓였다. 푸틴 치하 러시아의 우크라이나 침략과 세계 곡물가는 분명 관련이 있겠으나 세계 지가紙價의 상승에 어떤 영향을 미쳤는지 분석할 깜냥은 되지 않아서 괜히 억울하다. 종이의 값이 올랐으니 책의 값을 올려도 되는 건지 의문이다. 책을 사는 사람들은 책에 얼마큼 돈을 쓸 수 있는지 정확히는 알지 못한다. 우리가 합의한 적절한 가격이란 게 존재하는지도 잘 모르겠다. 이런 의문을 품는 동안 뉴스는 개전 이후 러시아군의 사상자는 20만 명이 넘는 게 확실하고 우크라이나군의 사상자 또한 10만 명 이상으로 추정된다고 알려주었다. 10만, 20만, 그리고 더 커질 숫자들이 화면에 아른거렸다. 책을 낼 때 농담조로 말했던 목표 판매 부수가 그즈음이었던 것 같다. 엑셀 파일에 숫자들이 희미해지다 사라진다. Delete 버튼을 누른 걸까? Crtl과 Z를 함께 두드려보지만 예전으로 돌아가지 않는다. 돌아가고 싶은 과거가 어느 시점인지도 모르겠다. 러시아에서는 이번 전쟁의 정당성을 주장하고 승리를 기원하는 의미로 'Z'라는 표식을 쓴다고 한다. 어디서 많이 본 장면이 아닐 수 없다. 나치를 처단한다는 인간들이 그들이 하던 짓을 답습한다. 컨트롤이 안 된다. 취소될 수 없다. 그들은 인간을 최대한 단순하게 구별하는 습성이 있다. 유대인이거나 아니거나, 슬라브인이거나 아니거나, 우리 영토거나 아니거나, 죽거나 살거나…… 이러한 구분은 좀처럼 취소되지 않는다. 1,500부 제작한 책은 800부 남짓 서점에 나갔다. 그중 몇 권이 독자에게 닿았는지 정확히 알 방법은 없다. 700부가 물류창고에 있다는 것은 잘 안다. 그러한 숫자 안에 사람은 없다. 책은 실패했고, 실패의 기준은 사람이 없는 숫자다. 초판 제작비를 충당하지 못했다. 남은 책은 그들 나름대로 영토를 구축한 채 겹겹이 쌓여 존재할 것이다. 창고에는 그런 책이 벌써 몇 종이 되는데, 버릴 수도 없고, 파는 것은 그보다 더욱 불가능한 그것들이 창고 일부를 차지하고 앉아 있는 걸 보고 있으면 태부족한 돈으로 이사할 집을 찾아다니는 심정이 된다. 1,500이 되고 안 되고를 잘 판단해야 하는데, 1,500도 팔지 못하는 책을 좋은 책이라 할 수 있을까. 1,500은커녕 800을 팔기도 힘든데, 그렇다면 답은 나와 있지 않은가, 다음에는 1,000만 제작하는 것이다! 며칠 전 라디오 시사프로그램에서 국제 정세 전문가가 나와 이 전쟁이 언제 끝날지 알 수 없다는 누구나 다 아는 말을 뻔뻔하고 진중하게 뇌까렸다. 그래요, 저도 잘 모르겠습니다. 누군들 알겠습니까? 진정한 앎은 내가 모르는 것을 아는 것으로부터 시작된다고 하였다. 이런 요사스러운 궤변도 인간이기에 가능한 것 아니겠는가. 전에 잘 모르고 실수했던 걸 어느새 잊고 다시 야심과 뚝심으로 책을 만든다. 이런 요물 같은 착오와 망각이야말로 인간을 증명하는 것이지 않겠는가. 실패한 책의 주문이 오랜만에 들어왔다. 모 인터넷 서점에서 도착한 발주서에 찍힌 숫자 1. 저 한 사람은, 저 위대한 숫자 1은, 과연 어떤 인간이길래.

#2

인간은 애꿎은 나무를 베어 펄프를 만들고 펄프를 요리조리 굴리고 뭉쳐 종이를 만들고 종이를 자르고 엮어 책을 만든다. 인간만이 할 수 있는 지극히 인간다운 일이다. 원래 제자리에 있던 것들을 이동시키고 변형하고 종래에는 철저히 파괴하면서도 좀처럼 부끄러움을 모른다. 인간을 혐오하는 일은 일견 합리적이며 조금은 힙한 구석까지 있다. 이러한 진실을 몰랐던 시절에 만든 흑역사가 내게는 있다. 이제 막 이메일이라는 게 생겨 모두가 계정을 만들어야 했을 때 나는 모교 단과대 학생회에서 조무래기 일을 시작했다. 하필 그 단과대가 인문대라서, 그 인문대 학생회의 캐치프레이즈가 '인간사랑'이라서, 메일 계정을 무려 'humanlover'로 만들어버리고 만 것이다. 한국과 칠레의 FTA 협상 반대 운동이 한창이었던 당시, 전지현을 모델로 한 '카페' 서비스로 주가를 올리고 있던 네이버에 무심코 가입했는데, 이후 네이버는 한국의 공룡 포털사이트로 성장했고, 나 또한 저 파렴치하고 몰지각한 아이디를 계속하여 쓸 수밖에 없었고, 시간이 지나 이제 나라는 사람은 칠레라는 나라에서 온 블루베리와 레드와인을 잘도 찾아 먹는 인간이 되었다. 염치와 부끄러움을 모르는 인간답게도 그랬다. 이후 인간보다 인간 아닌 것을 더 사랑하고 있음을 깨닫고 메일 계정을 바꾸었으나 오래 쓴 계정의 쓰임을 완전히 떨쳐버리기란 개명보다 어려운 일이었다. 아직도 알라딘과 예스24 계정은 위 아이디로 로그인을 해야 한다. 적립금과

회원 등급은 어떤 인간보다 소중하니까. 그곳에서 책을 사면 집 앞까지 무료 배송해주고 10% 할인해주고 거기에 5% 마일리지까지 남겨준다. 그저께 만난 지인은 책이 너무 비싸다고 말했다. 그는 나의 직업을 뭐라 생각한 걸까? 함부로 말하는 인간은 대체로 후회하지 않는다. 나는 그를 만난 걸 깊이 후회하고 있다. 자유의 신봉자인 그가 자본주의 사회에서 가격이 강제되어 할인을 막는 게 말이 되느냐고 따지듯 물었다. 그의 지껄일 자유를 존중하기로 했다. 나의 자유는 억압되었기에 후회할 자유라도 남겨놓기로 한 것이다. 그가 최대한 협의로서 논지를 펴는 자유에 대한 주장을 반박하기에 출판이니 문화니 예술이니 다양성이니 하는 말들은 좀 벙벙하게 느껴졌다. 벙벙한 옷을 입으면 사지육신이 편해지는 건 사실이라, 아 그렇다면 이것은 다만 우리끼리 편해서 입는 옷인가? 생각도 해보았다. 불경함을 떨치려 고개를 흔들자, 함부로 말하는 지인은 할말이 있으면 해보라 하였다. 과연 내가 이 테이블에서 휴먼을 러브할 수 있을까. 인간사랑이라는 말이 가당키나 한가. 나는 벙벙한 겉옷 대신 화중이라는 알몸을 내보이며 자리를 박차고 나왔다. 아니 박차고 나왔다고 말하기가 낯부끄러울 정도로 우리는 사이좋게 계산도 하고 작별인사를 나누며 다음 만남을 기약했다. 나는 속으로 너 같은 인간을 다시 만나는 일은 절대 없을 것이다, 하며 주억거렸다. 녀석도 나와 같은 인문대를 나왔는데 말이다. 어쩜 대학 동창이라는 사람들은 하나같이 비장한 쓸모와 어긋나 있을까. 내가 이래 뵈어도 수능 상위 12% 이내에 들었던 사람인데…… 아니 이런 것도 기억하고 있다니 역시나 나는 인간을 사랑하는 것이다. 그렇기에 열아홉 살 때 나보다 시험 점수가 낮았던 88%의 동년배들을 추념하는 것이다. 상위 2%였으면 이토록 함부로 말하지 않고 서로의 직업을 배려하며 흠모함은 물론이고 쏠쏠할 일이 서로에게 생기고 금박 후가공을 넣은 명함을 주고받으며 인간과 인간이 맺는 관계를 사랑할 수 있었을까? 너를 사랑할 수 있었을까? 이메일 계정을 만들 시기 단과대 학생회는 총학 선거 운동에 매진했다. 신입생 명단을 과별로 분류하여 동그라미와 세모, 엑스를 쳐놓고 세모인 학생을 설득하는 개별 총화 운동(?)을 배당받았다. 세모를 사랑해야만 했다. 자유의 신봉자인 지인이 그때 동그라미였는지 세모였는지 엑스였는지 기억할 수 없지만, 너는 이제 나에게 엑스고, 나는 세모도 동그라미도 아닌 굴리고 뭉쳐진 비정형이 되어가고 있다.

#3

물론 독자에게는 책을 평가할 정당한 권리가 있다. 별점이 다섯 개 만점이라는 것은 곧 별을 하나만 줄 수도 있다는 뜻이다. 별을 전혀 주지 않을 수도 있다. 책과 작가에게 실망감을 표할 수도 있다. 악담하거나 조롱해도 뭐라 할 사람 없을 것이다. 그는 시간과 돈을 들여 책을 읽었다. 시간과 돈이 아깝게 되어버린다면 누구라도 화가 나는 게 인지상정. 여기저기 화병에 시달리는 독자들의 신음이 들린다. 일전에 만든 책은 호불호가 강력하게 갈렸다. 이 작가의 작품을 따라 읽은 독자라면 이 작가의 새로운 시도를 응원해주리라 미루어 짐작했건만, 언제나 그렇듯 세상일은 생각대로 굴러가지 않고, 차라리 생각이란 걸 하지 않았으면 나았으련만, 인간은 생각하는 존재라고 그 분야의 강력한 전문가가 진작에 선언해버렸다. 인스타그램과 트위터에 작가 이름과 책 제목을 치면 부정적 반응이 그물에 걸린 바닷고기처럼 파닥거렸다. 인스타그램에서는 조심스레 자근자근 씹어댔고 트위터에서는 사납거나 장난스럽게 어깃장을 놨다. 그건 그들의 권리이지만, 서평단이라는 이벤트에 스스로 신청하여 무료로 책을 받아놓고서 저러는 건 상도에 어긋나지 않은가 하는 억울함 또한 어쩔 수 없겠으나, 도의보다 권리가 우선인 사회에 우리는 산다. 이 억울함이나 짜증남을 감히 SNS에 남길 수는 없다. SNS 계정은 인간도 아닌 게 몸과 마음이 있어, 몸은 조심해야 하고 마음은 단단히 해야 한다. 계정을 운영하는 손가락은 분명 피와 살이 도는 인간의 신체 기관이지만 그가 남긴 글에서는 인간의 허튼 냄새가 나면 안 된다. 반면 독자와 교류하고 소통하고 편집자나 영업자의 일상을 흘리는 데에는 인간적 내음, 이를테면 비누 냄새 같은 게 필요한 법이다. 친숙하고 선량하고 안전하며 무해한 어떤 기미. 별을 센다. 별 다섯 개의 기쁨과 별 넷의 나쁘지 않음과 별 셋의 성의 없음과 별 둘의 조롱과 별 하나의 악의. 작가는 이 책을 쓰려 수년의 시간을 허비했다. 소비자는 작가의 수년보다 더 귀한 몇 시간의 휴식을 책으로 인해 망쳐버렸다. 그에게 별점과 한 줄 평은 보장된 인권, 그러니까 권리장전이 아닐 수 없는 것이다. 그것이 작가에게도 출판사에도 입에 쓰고 몸에 좋은 약이 될 것이었다. 약을 과다하다 싶을 정도로 복용했음에도 불구하고 피곤하여 몸져누웠다. 누워서 보는 유튜브에 프로포폴을 상습 투여받은 연예인의 갖가지 루머가 불쑥 나타났다. 나는 나의 알고리즘을 어떻게 가꿔온 걸까. 그걸 내가 직접 꾸릴 수 있을 거라는 믿음은 오만한 착각에 불과하겠지. 댓글로 시선을 옮겼다. 별의별 인간이 모여 있는 듯했던 그곳은 사실 단 하나의 주장으로 수렴되는 청정한 공간이었다. 미리 짠 듯 일관된 목소리로 여러 인간이 한 인간을 공격하고 있었고, 그는 곧 하얀 가루가 될 참이었다. 스치듯 손가락을 문질러 다음 영상을 봤다. 번화가 한복판에서 자식을 잃은 인간이 울며 싸웠다. 상대는 울음을 다독여주지도, 싸움을 받아주지도 않았다. 이와 같은 태도는 댓글에서도 마찬가지였다. 한 인간이 완성되는 데에는 수십 년의 시간이 필요할 것이다. 한 인간이 파괴되는 데에는 수십 초의 시간도 어쩌면 길다. 한번 파괴된 인간이 다시 인간이 될 수 있을까. 한번 누군가를 파괴해본 인간더러 여전히 인간이라 해도 되는 걸까. 인간 대 인간으로 우리는 살아갈 수 있을까. 가만, 만약에 우리가 인간이 아니었다면, 하늘의 별을 세며 길을 찾는 존재가 처음부터 아니었다면, 모든 게 괜찮지 않았을까. 그게 더 나은 게 아닐까. 나무를 베어 펄프를 가공해 화학물

질을 발라 책을 만들지 않아도 됐지 않았을까. 우리가 굳건한 나무였다면, 우리가 약한 짐승이었다면, 우리가 고양이였다면! 선생님, 이 댓글은 고양이가 남긴 것입니다. 이 별점은 고양이의 의견입니다. 그렇다면 우리는 우리를 용서할 수 있었을 텐데, 인간은 인간을 비로소 사랑할 수 있었을 것인데. 물론 독자에게는 책을 평가할 권리가 있다. 오늘은 놀랍도록 아무도 관심을 주지 않는 책의 독자 의견란을 하염없이 바라보며 생각하는 것이다. 원래 생각은 이런 게 아니었는데, 인간이라서 생각이란 걸 하게 태어나버리는 바람에.

*글에 등장하는 동창과 작가는 실제 인물이 아닙니다.

6
월
9
일

짧은 소설

우리들의 새로운 도시

규는 신도시를 좋아한다. 오래된 도시의 좁은 골목, 저층 빌라와 연립주택, 그 사이를 가로지르는 전선들, 광고지가 덕지덕지 붙은 전봇대와 그 전봇대 아래에 몸을 기댄 종량제 봉투들, 봉투의 정수리에서 튀어나올 듯 묶여 있는 생활의 흔적들, 그 뒤로 아슬아슬하게 주차된 차와 뒷바퀴 아래에서 비를 피하던 길고양이들, 그 길고양이를 쫓아내거나 죽이지 못해 안달난 사람들, 그 사람들이 다투고 싸우는 소리가 널리 퍼지는 밤과 새벽 사이…… 규는 그런 것에 질색이다. 그가 사는 경기도 외곽 신도시는 넓은 도로를 사이에 두고 아파트 단지와 단지가 열을 맞춰 서 있다. 이십사층 아파트의 십구층을 분양받으며 그는 어쩐지 성공한 인생의 주인공이 된 것만 같아 며칠 잠을 이루지 못했다. 무엇보다 규가 살게 될 단지에는 전봇대가 없고 길가에 옹기종기 모인 쓰레기봉투가 없으며 아무데나 붙은 광고 포스터가 없을 것이었다. 사람들은 실내에서 개나 고양이를 키우며, 이웃집의 다투는 소리는 아파트와 아파트가 만든 벽과 벽 사이에서 금세 잦아들 것이다. 그는 사막을 탈출하는 마음으로 제1금융권에 최대한의 대출을 받았으며 누구도 대신 갚아줄 것이 아니기에, 한 발 또 한 발 사막을 건너는 수도승의 자세로 출퇴근에 매진한다. 대단한 가난 정도는 아니었지만 평균에 약간 못 미치는 재력 수준이었던 규의 친지들은 착실하게 돈을 모아, 아니 빌려, 어쨌든, 무슨 방법으로든, 어떻게든 내 집을 마련한 그의 성실함을 칭송했다.

희철은 전철역 근처, 오래된 골목의 초입에서 노래방을 운영한다. 이는 규의 어머니가 당신 남동생의 근황에 대해 얼버무린 설명이지만 실상 여성 접대부를 끼고 운영하는 유흥주점임을 친지 대부분은 어느 정도 알고 있다. 자세히는 내몽골 자치주에서 여성 여럿을 접대부로 고용해 영업하는 주점이고, 불법과 편법, 합법이 섞여 있는 지저분한 자영업의 일종이다. 그의 집들이에서 희철은 일찌거니 취해 이렇게 떠들었다. 아야, 회식하다가 2차는 삼촌 가게로

와라. 친구들이랑 놀다가 좋은 데 가고 싶으면 삼촌 가게에 와. 우리 자랑스러운 조카야, 혼자 놀다가…… 혼자는 좀 그런가? 큭, 컥컥, 희철은 바닥에 엉덩이를 붙인 채로, 같은 거실 바닥에 앉은 모두를 불편하게 만들었다. 어른들의 굽은 등 뒤로 규와 서윤의 딸 지은이 어수선히 뛰어다녔다. 서윤은 희철의 말을 못 들은 척하며, 뛰지 마, 뛰지 말라고 했지. 딸을 타박했다. 희철은 신도시가 어색했다. 땅거미가 지는데 네온사인이 없다니. 상가는 상가대로 주택은 주택대로 모여 가지런하다니. 그의 인생은 도시인의 전형적인 실패를 반쯤 답습했다. 나머지 반은 천성적인 게으름으로 소비했다. 딸만 셋인 집에서 막내아들로 태어났지만 받아 안을 위대한 유산 같은 건 없었다. 그의 손아귀에 들어왔던 약간의 부는 사막의 모래처럼 버석거리며 손가락 사이로 사라졌다. 노래방을 운영하는 희철을 두고 사람들은 사장이라 불렀지만 사실 그는 바지사장에 불과하고, 호통을 칠 수 있는 대상은 예술비자를 받아 그의 업소에서 일하는 여자애들뿐이었다.

서윤은 신도시가 싫다. 위압적인 높이의 아파트들, 고덕

인지 바로크인지 포스트모던인지 알 수 없는 양식으로 디자인된 아파트의 정문과 그보다 더 유래를 알 수 없는 아파트의 이름들, 강박적으로 정돈된 수목들, 매주 출석 체크하듯 들르는 대형마트와 매일 아이를 태우는 어린이집 노란 버스, 친절한 척 무심하거나 무심한 척 오지랖인 사람들, 그들의 시선…… 무엇보다 높은 층고의 아파트가 주는 아찔함에 속수무책이었다. 아이를 등원시키고 홀로 집에 남아 맞은편 아파트의 외벽을 가만 쳐다보면, 거울처럼 자신의 얼굴이 보였다. 규의 아내이자 딸 지은의 엄마인 자신의 얼굴. 동시에 누구인지 도대체 모를 낯선 이의 얼굴이었다. 서윤은 첫번째 육아휴직 후 다니던 디자인 회사에 복귀하지 못했다. 신도시의 아파트를 분양받은 후 규의 야근은 더욱 잦아졌다. 규는 서윤의 자리가 원래부터 거기였다는 듯이 굴었다. 내가 도와줄게, 내가 도와줄게, 반복하면서 실상 돕는 것도 없는, 스스로를 썩 괜찮은 남편이자 가장으로 여기는 규. 그런 규와 본인의 얼굴을 묘하게 조합해놓은 지은. 그 사이 어딘가에 서윤. 서윤은 분양시에 프리미엄을 얹어서라도 구해야 한다고 영업실장이 추천했던 십구층에서의 전경을 바라본다. 그저 아파트 너머의 아파트, 그 너머의 공허한 하늘이 있을 뿐이다. 저 너머에서 모래폭풍이 일어 이곳에 수십 미터 모래 산을 쌓고 아파트를 치워버리는 상상을 한다. 그러나 이곳은 모래가 아닌 미세먼지의 나라. 몽골의 사막에서부터 예까지 날아왔을지도 모를 십구층 창틀의 먼지를 닦아낸다. 눈에 보이지 않는다. 그것들은 분명한 동시에 미세했다.

굴잔은 바단지린사막에서 왔다. 칠채산 근처에서 유목을 하던 가족은 지금은 중국 곳곳으로 흩어졌다. 이곳에서는 노래를 부르거나 노래를 부르는 이의 곁에 서 있거나 노래를 부르는 이를 응원하는 자 옆에 앉아 있는 일을 한다. 굴잔은 그것을 시중을 든다, 하고 멋대로 생각했다. 또래처럼 케이팝을 좋아했고, 황해를 넘어오는 배에서는 몇 곡이나 흥얼거릴 수도 있었다. 그러나 이곳의 손님들은 케이팝을 부르지 않는다. 윙크하거나 손가락 하트를 그리지 않는다. 그들이 부르는 노래를 모르겠다. 그들이 마시는 술을 모르겠다. 그들이 만지는 몸을 모르겠다. 노래방의 네온사인은 고향의 유채꽃 빛깔이었다. 굴잔은 되도록 고향을 잊으려 노력한다. 희철은 카운터에 앉아 게임에 골똘하다 손님이 오면 우리를 부른다. 이따금 사막을 찾은 도시인들은 사막을 잘 아는 것처럼 행동했었다. 크나큰 바퀴가 달린 차를 타고 모래의 파도에 감탄하면서 안전한 길을 따라갔다. 백양나무가 드문드문한 오아시스에 바퀴를 멈춰 차의 꽁무니를 대고 이곳의 손님처럼 소리를 지르기도 했다. 굴잠은 그들을 몰랐다. 그들이 어디에서 왔는지 몰랐다. 도시를 몰랐고, 네온사인에 적힌 글자를 몰랐다. 정말이지, 그 무엇도.

지은은 신도시가 무엇인지 모른다. 어제는 사막과 낙타가 영어로 무엇인지 배웠다. 지은은 다섯 살이고, 신도시의 공립유치원을 대기중이며 지금은 사립어린이집을 다닌다. 사막은 영어로 desert. 낙타는 영어로 camel. 지은은 뛰는 것을 좋아하지만, 두 다리의 온전한 자유는 어린이집의 체육활동 시간에만 유일하게 허락된다. 십팔층의 중년 부부는 새로 지은 아파트의 하자를 제기하는 동시에 십구층 아이의 유난한 활동성을 지적했다. 지은은 고개를 꾸벅 숙여 인사를 하기는커녕 사과하는 엄마의 그림자 뒤로 숨어버렸다. 딴청을 피웠다. 오줌이 마렵다고. 집 문 닫자고. 그제는 할머니와 친척 어른들이 집에 찾아왔고, 지은은 어른들의 등을 타며 놀다가 홀로 레고를 맞추다, 그림책을 읽다 잠이 들었다. 규와 서윤은 각방을 쓴 지 일 년이 넘었고, 일 년 동안 지은은 사막이 반경을 넓히듯, 네온이 수명을 다하듯 컸다. 하루하루가 다르고, 하루하루가 같았다. 어제는 규와 서윤이 소곤소곤 다투었다. 지은이가 듣겠다. 목소리 낮춰. 사람의 목소리는 낮으면 낮을수록 잘 들린다는 걸 엄마 아빠는 모르는 모양이었다. 희철이 삼촌이 몽고에서 온 여자랑 살림을 합쳤다는데. 그게 우리랑 무슨 상관인데. 어머니가 나중에 갚아주신다고 했어. 그게 언젠데. 곧 주시겠지. 그러니까 곧이 언제냐고. 항상 이런 식이지. 이런 식이 뭔데? 지은은 시커먼 천장을 바라보며 별을 그려본다. 사막의 하늘에 별이 참 반짝반짝하다고 했지. 상가의 네온사인이 하나둘 사라지고 있었다.

6

월

10

일

대화

『21세기 문학』 2015년 봄호에서 김정환 시인의 인터뷰를 맡아 진행했다. 따져 보니 십 년 전 일이다. 그해에는 세월호 이야기를 많이 했다. 말로 내뱉지 않아 도 그러하였다. 몇 해 전에는 이태원에서 사람들이 많이 떠났다. 우리는 무슨 이야기를 하나. 아무런 대답도 들리지 않는 것 같아 예전에 선생과 나눈 대화 를 찾아보았다.

백년 중에 하룻저녁

1. 당산동 ○○아파트

김정환 시인은 당산동에 삼십오 년 된 아파트에 산다. 선생은 스마트폰은커녕 2G 폰도 없다. 선생을 만나려면 고즈넉한 아파트 거실에 달린 집전화에 직접 송신을 넣는 것 말고 다른 방법이 없는 것이다. 스마트폰 메신저와 SNS에 단련된 우리에게 상당히 낯설고 어색한 작업일 수밖에 없지만 크게 걱정할 필요는 없다. 그는 거의 수신한다. 수화기 너머로 그가 듣고 있는 음악이 흐르고 그는 말한다. "어! 그래! 봐야지! 와라!" 선생은 멀리 떠나는 취미가 없다. 술을 마시는 것을 제외하고 그의 거의 모든 활동은 집에서 이루어진다. 읽는다. 듣는다. 옮긴다. 그리고 쓴다. 그 모든 것이 이루어지는 공간이 당산동 아파트의 거실이다. 그곳은 요즘 보기 드문 흡연 허락 구역이기도 하다. 누군가에게는 생태 공원에서 너구리를 만난 것처럼 반가운 소리다. 공원에 너구리를 풀어놓은 사모님이 우리를 반갑게 맞아주신다. 거실에는 작업용 책상과 손님맞이용 테이블이 서로 어깨를 걸치고 놓여 있다. 그것을 둘러싼 CD들이 여기가 누구의 집인지 알려주는 듯하다. 그러나 CD는 그저 그 자리에 있을 뿐이었다. 그는 요즘 유튜브에 빠져 있노라 했다. 스피커에서는 레이 찰스의 목소린지 아닌지 좋은 음색이 들렸다. 아이돌 곡이라면 무엇이든 감별할 텐데 선생의 앞에서는 타고난 부박함이 더욱 도드라져 큰일이다. 부박함을 감추려 60~70년대 블루스를 듣고 있는 선생에게 굳이 처음부터 진지한 질문을 던져보았다.

시의 진화가 가능할까?

가령 어떤 이들은 아직도 김소월의 시를 최고로 생각하기도 한다.

"지금 시를 김소월처럼 쓰면 미친놈이지, 미친놈. 시의 미학은 사회구성체를 반영하는 것인데, 지금은 김소월의 시대가 아니다. 그것을 요구하는 움직임은 완전한 허위다. 문화센

터가 만들어낸 완벽하고 매끈한 허위. 시를 쓰기 위해 뭔가 정형적인 '서정'을 통과해야 한다고 여기는 사람이 많은데, 나는 이 부분에 있어서 과격하다. 다 필요 없다. 그걸 깨야 앞으로 가는 거야."

때로는 시를 쓰는 게 거의 미쳐 있는 시적 자아가 몸안에 침투해 내 몸이 그것을 받아 적는 것으로 생각되기도 한다. 그랬으면 좋겠다는 헛된 희망일지도 모른다. 나는 선생이 '미친놈'이라는 단어를 사용하는 용례에 집중했다. 김소월처럼 쓰면 미친놈이다. 우리는 미친놈이 되어서는 안 된다. 그러므로 진화된 시를 써야 한다. 사회구성체의 미학을 반영하는 시. 철저하게 생각하고 논리적으로 구성된 시. 방대한 저서의 작가이자 번역자, 만능 인문 저자로서 응당 펼쳐야 할 논지였다. 물론 술자리의 뒤끝에서 그와 함께한 시인들은 냉정한 논리보다는 뜨거운 흥에 취한 그를 더 많이 상대했겠지만. 오해하지 말자. 그는 미친 시대를 뚫고 지나오면서 거의 홀로 미치지 않고 버틴 자다. 계속해서 이야기를 듣는다. 도대체 어떻게 해야 잘 버틸 수 있나. 다들 우리 시가 어렵다고 야단이다.

"근데 과하다 싶을 정도로 젊은 시인들은 서로를 좋게 봐주고 있지. 잡지도 많고, 상도 많고, 뭘 엄살이야."

　팬한 말을 꺼냈다. 그리고 선생은 다시 담배를 꺼냈다. 댁에서 이렇게 맘대로 피우세요? 그럼, 피워야지 어떻게 해. 담배 가격도 만만치 않잖아요. 나는 누가 꼭 사주더라고. 그래도 좀 줄이고는 있어. 오늘 좀 많이 태우시는 것 같은데요? 아, 손님이 왔으니까. 내가 이래 뵈어도 수줍음이 많은 사람이야. 담배 없이는 말을 못해요. 에이, 설마.

　그가 누구 앞에서 수줍어하던 모습을 본 기억은 없다. 다시 생각해보니 담배를 오래 피우지 않는 그의 모습도 기억에 없다. 선생은 늘 약간의 수줍음을 대동하고 그 많은 사람을 만나고 이야기하고 노래했던 것이다. 그리고 다시 대화로 돌아와,

"지적인 게으름이 시를 읽고 연구하는 데도 영향을 미치는 것이지. 운동권 용어로 대중관의 차이라고 해야 하나. 대중들 입맛에 맞게 쓰고 발표해야 한다고 말하지만, 그러다가

대중보다 못한 수준으로 떨어져버리는 거거든. 시를 계속 공부하고 책상 붙잡고 근육을 키우면서 쓴다고 생각해봐. 그게 그렇게 써질 수가 없는 거야. 할수록 어려워지는 것이 시거든. 통일 운동도 마찬가지야. 징역 다녀올 각오를 한 사람은 대중 운운 안 해요. 게으른 사람이 일 년에 한 번 피켓 들고, 나 할일 다했다, 그리 생각하지. 시 행사 한 번, 발표 몇 번 그렇게 띄엄띄엄 쓰고 읽으니까 요즘 시들 어렵다, 소통이 안 된다 불평불만을 하는 게지. 날마다 갱신을 해야 한다고, 미학의 갱신을. 그래서 당대의 미학을 만들어내야지 돼."

그렇다. 우리가 청탁을 받고서야 한 편 두 편 마감을 어기고 또는 지키며 힘겹게 써서 발표를 하고 있으니까 갱신이 안 되는 거였다. 잠시 음악이 멈추자, 선생은 유튜브를 다시 검색해서 적당한 음악을 찾았다. 사모님은 두번째 커피를 내려주었다. 홍대 카페 못지않은 당산동 아파트에서, 게으른 나만 안절부절못하고 질문지만 쳐다보는 것이다. 그게 질문지야? 그런 거 있으면 인터뷰 같은 거 잘 못해. 술 마셔야 하니까 빨리 끝내야 한다고. 아참, 공무니까 그러면 안 되나? 아니, 부지런한 분이 왜 이러시나. 퇴근하고 찾아온 시간이 벌써 저녁 일곱시가 다 되었으니 선생이 마음이 급해지는 것도 무리는 아니었다. 심지어 주방에서는 밥 짓는 냄새까지 났다. 되도록 바지런히 다음 단계로 질문을 갱신한다.

그렇다면 갱신을 통해서 닿아야 할, '당대'라는 것은 무엇인가.

"많은 시에서 우리나라의 천민자본주의에 대응하는 전망이 없어. 비전이 없고. 그렇게 새정치…… 뭐지? 민주…… 뭐더라?" "야당!" "아 그래, 야당. 그렇게 사람들이 요즘 야당 욕을 하면서 최근의 시들 보면 꼭 지금 야당 같아. 반대급부로만 움직여. 시가 미학적 전망을 보여주지 못하고 말이야."

이때 사모님이 말씀하신다. 밥때가 넘었는데, 식사하고 하시지. 아니 지금 공무중이야. 그러니까 말이야. 오래되어 살가운 부부의 멋쩍은 대화와 당대라는 단어는 어울리지 않는 조합이긴 했다. 그리고 선생은 머뭇거렸다. 당산동 아파트에서 그는 시와 문학을 회를 떠서 내어야 하는 질문에는 좀처럼 즉답을 하지 않았다. 그는 회보다는 탕을 좋아하고 특히 대구탕처럼 귀한 것을 아꼈다. 그의 몸은 사실 아까부터 홍대 인근 주점에 가 있는 것만 같았는데, 공무를 위장하여 지금까지 여기 당산동 아파트 거실에 묶어둔 게 미안할 따름이었다. 하지만 이미 이야기는 정치로 흐르고 있었다.

"어디에 찬성하고, 반대하는 것, 참여해서 의사를 밝히는 것, 그것이 정치적인가? 아냐. 정치는 되레 시 속에 존재해. 김춘수나 서정주나 순수시를 쓴다는 사람들이 모두 정치적 행위를 했지. 근데 그건 정치가 아니야. 관제지. 그들의 행동이 아닌 시만 보자면 그것이 오히려 정치야. 정치 아닌 시가 있나? 무의미시라고 해서 정치적이지 않을 수가 있나. 직접적으로 정치에 개입하려는 시가 미학적인 깊이를 천년이 넘게 갖추지 못해서 문제지, 사실 모든 시는 정치적이야. 김수영이 모든 좋은 시에는 죽음의 리듬이 있다고 말한 것, 그게 바로 정치적인 것이라는 말이야. 정치는 공적인 것과 사적인 것을 나누는 일인데, 공적이라는 것은 세상을 좀더 나은 방향으로 가게 하기 위한 자기 죽음 같은 거거든. 일단 죽음을 통과해야 당대의 미학을 끌고 나갈 수 있는 것이지. 공적인 희생이라고 말할 수 있겠지. 신동엽은 정치적이 아니라 민족적이지. 민족적인 것이 정치적이었던 건 1930년대지. 정치적인 것이 너무 진영 논리로 쓰이고 있어. 그런 면에서 이성복의 시는 매우 정치적이지. 진은영에 의해 정치시 논의가 쌈빡하게 시작했는데, 주변 논의가 따라주지 못했어. 세월호 이후에 정치시가 흥한다? 생각이 짧은 논의지. 조태일 시는 서툴지만 리듬이 앞서가. 김수영 시는 자기 삶을 통해 시를 밀어내잖아. 근데 본격적인 정치를 한다며 시를 쓰면 오히려 시가 복고적으로 돼. 정치적인 시가 아니라 시정치가 되는 거지. 선거 캠프 이름이 '담쟁이'라니, 얼마나 복고적이야? 대체 어딜 타고 올라가? 질 수밖에 없지."

당산동 아파트의 실제적 일인자로 보이는 사모님이 주방에서 모든 준비를 끝냈다. 정치적 판단에 따라 우리는 쭈뼛쭈뼛 식탁으로 자리를 옮겨야 했다. 메뉴는 무려 추어탕이었다! 아, 이건 추어탕이네요? 감사합니다. 사모님은 근사하게 쑥스러워하며 받아쳤다. 반찬가게에서 샀어요. 내가 한 거 아냐. 어쨌든 우리는 국물에 밥을 휘휘 말아서 훅훅

입에 넣었다. 정갈한 반찬들이 함께 들어왔다.

2. 서교동 따루주막

　다음의 전망은 서교동 따루주막에서 이어졌다. 선생과 몇 번 그곳에 간 적이 있는데, 처음에는 결혼식의 주례를 부탁하기 위함이었다. 주례를 선선히 받아들이기에는 선생과 나의 인연은 매우 짧았다. 짧은 인연을 길게 만들고 싶은 마음에 부탁하는 주례이기도 했다. 선생은 젊은 치의 무례를 애써 탓하지 않고 택시를 잡으라 했다. 중국 맥주에 대구탕을 먹었다. 선생은 주례를 부탁하는 새까만 후배 앞에서 인생을 논하지도, 결혼 생활의 교훈을 말하지도 않았다. 쉽게 문학을 이야기하지도 않는다. 그저 웃고 노래했다. 단단한 시의 외피를 투명 망토처럼 두르고, 맘 좋은 대선배가 되어 후배들과 함께 논다. 인터뷰를 진행하기 힘들었던 졸렬한 변명이기도 하다. 선생과 함께라면 공무임에도 불구하고 이렇게 놀아버리게 되니까.

　주방장! 여기 대구탕. 그리고 칭타오. 큰 거로. 키가 큰 중국 맥주가 푸르스름하게 빛나고 있다. 그는 여전히 푸른 눈빛으로 당산동에서의 이야기를 이어나갔다.

"언어의 촌장이라고 불리는 서정주. 봐, 벌써 촌장이잖아. 그건 근대 이전의 감성이지. 사람들의 감성이 아직 근대 이전에 있어. 시인들이라도 근대로 넘어와야 하는데, 이게 왔다 갔다해요. 대중들이 원하는 시를 써야 한다는 강박도 있거든. 어렵게 쓰면 그거 시도 아니라는 공격도 받아. 그런 공박을 정확하게 풀이하면, 단순히 쉬운 걸 바라는 논지는 아냐. 그저 자신들의 욕망과 시가 맞닿아 있길 바라는 거지. 자신들이 하고 싶은 이야기를 시가 대신 해주길 바라고. 불편한 것은 피하고 싶은 거지. 근데 근래에 젊은 시인들이 어디서 득달같이 나타나 불편한 시만 쓰고 있잖아? 그러니까 '이게 시야?'라고 말한다고. 그럼 시지. 뭐냐? 바꿔서 묻자. 시가 뭐냐?"

내가 묻고 싶은 말이다. 시는 무엇인가? 시를 쓰면 쓸수록 시에 대해서 정의 내리기가 더욱 쉽지 않다. 심지어 그것이 무엇인지 알고 싶지 않다. 그것이 무엇이든, 얼마나 대단한 것이든 현실의 누추함과 지저분함에 대한 상쇄 아이템은 되지 못한다. 현실을 그릴 수도 없고 위안할 수는 더더욱 없다. 지금을 바꿀 수도 없고 미래는 예측 불가능하다. 시를 써야 하는가. 시인 자신의 존재를 확인하는 용도로 시의 역할이 축소되고 있는 것은 아닌가. 그건 어쩐지 겸연쩍은 일이 아닌가. 부끄럽고 망극한 일이 아닌가.

"시인으로서 자부심을 갖고, 시대를 파고드는 거야. 요새는 시가 세상을 버티게 하는 지도 같은 게 되는 거지. 그렇지 않으면 요새 세상을 어떻게 버티나. 말이 안 되잖아. 세상이 말이 안 돼. 지옥이야. 그것도 천한 지옥. 텔레비전을 삼십 분만 쳐다보고 있으면 사채를 끌어다 쓰라는 광고가 나와. 대중문화라는 것도 시간이 지났으면 그만큼 수준이 올라가야 하는데, 수준을 저들 스스로가 깎아내려. 그게 솔직한 거라고 악다구니야. 그걸 아무런 생각 없이 보고 있으면 나도 천해지는 거야. 너도 나도 그러니 사회 전반의 수준이 하락하지. 이런 현실을 괴로운 마음으로 통과해야 해. 지도를 들고서. 그런 지도를 그리기가 쉽겠어? 어렵지. 발바닥이 부르트겠지. 무릎도 아프고. 그래도 좋은 지도가 많아. 많이 써서, 시로 다 죽여버려야 해."

다 죽이자니, 게다가 시로. 시는 칼이나 총이 아니고, 게다가 시인은 검찰이나 군인이 아니다. 그럼에도 불구하고 절망으로 가득찬 세계를 정밀하게 그린 지도, 다시 말해 지옥도, 우리는 지옥도를 그려야 하는 것이다. 소박한 시인에게는 너무 가혹한 주문처럼 들렸다. 많은 시인은 절망 앞에서 더 절망하고 죽음 앞에서 몹시 흐느꼈다. 절망과 흐느낌을 멈추고 냉정을 되찾아 지옥을 찬찬히 살펴야 한다. 어려운 일이다. 선생의 삶은 어려움 앞에 주저함이 없었다. 설마 다 죽이자는 말은 스스로의 죽음을 각오하자는 말은 아닐는지.

"요즘은 이런 공부를 하고 있어. 나치와 예술가. 독일 나치는 합법적으로 집권을 하잖아. 그때 소위 예술가들의 동향을 살피고 있는데, 물론 모든 예술가가 파시스트 경향을 조금씩은 갖고 있지. 파시스트든 아니든, 그때 그 예술가들이 어떻게 버텼을까 하는 자료들을 살펴보고 있어. 침묵하는 놈도 있고, 도망가는 놈도 있고, 죽는 놈도 있고, 히틀러 생일에 교향악 지휘하는 놈도 있고 별놈이 다 있지. 재밌어."

선생은 무슨 말을 하려다가 말을 멈췄다. 집요하게 파고들지 않기로 한다. 어쩌면 이 자리에 침묵하는 자, 도망가는 자, 죽은 자, 그의 생일을 축하하는 자 모두가 모여 있을 것이기에.

"2012년 대선 끝나고 말이야. 바로 다음날 아름다운 작가상 시상식을 했잖아. 황현산 평론가가 상을 받는데, 아주 눈물바다가 됐더라고. 우리가 졌다면서. 자꾸 '우리' '우리 모두' 이러는데, 그러면 아주 곤란해. 고약하다고. 거기에 있는 사람들의 의견과 태도가 모두 같을 거라고 어떻게 장담하지? 문학한다는 사람들이 왜 이렇게 단순할까. 계속해서 이런 식이면 다음도 마찬가지야. 시를 통해 현실을 바꾸겠다. 선거에 영향을 미치겠다. 그건 정치가 아냐. 그냥 야당이야. 정치라는 말이 오해를 만들면 그래, 전망이란 말로 바꾸자. 그날 이후로 우리가 다 세월호였던 거야. 다 침몰한 거지. 이러한 절망에 그물망을 쳐야 해. 시인은 미학적인 복잡성을 심화시켜야 해. 대중들을 함부로 감동시키려 하지 말고, 사회의 전망을 더 어려운 방식으로 찾아야 한다고."

이토록 많은 말을 하면서 그는 흔히 그 세대 어른들이 그러하듯 후배들의 잔을 보고 누가 마시는지, 마시지 않는지 살펴보지 않았다. 그저 본인의 속도에 따라 움직일 뿐이었다. 이야기하는 틈틈이 좋아하는 후배들에게 전화를 걸었고(걸라고 시켰고) 그중 어떤 시인은 군말 없이 현장으로 나왔다. 다 먹었으면 일어서자고 채근한다. 밤 열한시. 음악을 크게 틀어놓고 서로의 목소리를 조금씩 지워나갈 시간이 된 것이다. 선생은 결정적인 부분에서 말을 삼키며 맥주를 들이켰다. 그리고 노래를 흥얼거렸다. 선생을 두 번 이상 만난 사람이라면 누구나 성대모사를 할 수 있다는 그 소리. 선생은 슬그머니 일어나 카운터에 가 자본주의의 원리에 맞춰 술값을 냈다. 이것만이 이 시대의 유일한 전망이라는 듯, 카드 영수증을 뽑아내는 기계 소리가 날카로웠다.

3. 동교동 Garrison

내가 갓 서른을 통과하던 때 선생의 앞니가 빠지는 걸 보았다. 선생은 이에 낀 생선 가시를 혀로 발라내는 것처럼 오물오물할 뿐이었다. 이윽고 작은 치아 하나가 테이블에 떨어졌고, 나는 놀라 일어섰다. 병원에 가셔야죠. 아니야. 됐어. 그뒤로 같은 자리에서 크고 작은 소동이 벌어졌고, 어떻게 헤어졌는지는 가물가물할 뿐이다. 3차는 근사한 LP바였다. 입구에는 요즘 인기 있는 연예인의 사진과 사인이 붙어 있었는데, 선생은 그들이 누군지 전혀 몰랐다. 자리를 잡은 선생은 한창 재생중이던 영상 대신에 본인이 추천한 유튜브 채널을 함께 보자고 했다. 일 년 반짝 뜨고 죽어 사라진 블루스 밴드였다. 밴드 이름을 알려주었지만 어쩐지 잊어야 할 것 같았다. 밴드는 음악에 빠져 있었다. 관객도 음악에 빠져 있었다. 우리는 무엇에 빠져 있는가.

"평론가들이 책임져야 할 부분이 분명히 있지. 그들에게 이상한 알리바이가 작동한다고. 이른바 김수영 알리바이! 김수영을 극복해야 할 판인데, 김수영을 전설로 만들고 있어. 아니 도대체 김수영이 언제 적 사람이야? 김수영은 생니를 뽑으면서 정신을 차리려고 했다는데, 방점을 정신을 차리려는 태도가 아니라 이빨을 뽑았다는 태도에 두고 있어. 이는 나도 빠졌다고. (이 순간 웃어야 하나 울어야 하나 몰라 이상한 표정으로 알리바이를 만들었다.) 소위 전설이 된 시인들이 있는데, 독자들한테나 전설이지 평론에 전설이 어디 있

나. 끊임없이 극복해야 하고, 그 극복의 기미를 찾아야 하는
데."

나는 다섯 시간이 다 되도록 선생에게 그럼 어떻게 해야
하느냐고 묻고 있었다. 계속해서 답을 주는데, 그 답이 너
무 무서워서 답 주위를 배회했다. 시인으로서 모자란 재능
을 방패 삼아 그저 가만히 있었다. 세상이 나에게 가만히
있으라고 하는 것 같았다. 가만히 있지 않으면 무엇을 할
것인가.

"동구권 몰락 이후에 작가들이 쇼크를 먹고 문학적 전향이
많아진 건, 그 이전의 민족문학이니 민중문학의 기반이 약했
던 거지. 그들은 제대로 절망하지 못했어. 지금까지도 마찬
가지야. 진짜 절망을 해야 해. 특히 시인은 절망을 밥 삼아서
살아. 절망의 구조를 미학적으로 세우면서 살아야지. 뒤집
으려고 노력하고. 또 실패하고, 다시 도전하고. 얼마나 절망
했느냐고? 나는 좀 오래 했지. 너희보다 오래 살았으니까."

영상이 끝나고 가게에서 선곡한 음악이 흘렀다. 다시 선

생이 제동을 걸었다. 이거 스트리밍 같은데? 나는 몰랐다. 아니 레코드바에서 왜 컴퓨터 음악을 틀어? LP 들읍시다 LP. 단골손님의 구박에 금세 음악은 바뀌었다.

"미학적 체계가 없이 새로운 것만 추구하는 것, 낭만주의자가 되는 것을 경계해야 해. 언제나 구조를 생각해야 해. 그렇게 단단한 보루가 되어야지. 이 절망을 혹한으로 버텨야지. 복잡한 미학적 구조를 단정하게 써나가는 혹한. 세월호는 과거부터 쌓여온 참사이고 미래의 참사이기도 해. 지금 제대로 절망해야지. 백년대계야. 백년 시간이 걸린다는 뜻이 아니라 백년 동안 할 일을 지금 시작한다는 뜻으로 백년대계. 시인은 미학적 고집을 갖는 일을 지금 시작해야 하고, 백년 동안 지속해야 한다."

인터뷰를 핑계로 만나 특별한 질문을 던지지 않았다. 그도 어떤 대답을 한 건 아니다. 밤이 깊었고 나에게는 선생의 주례로 인해 온전히 맺어진 아내와 두 아이가 있다. 선생은 그래도 삼십 분 더, 삼십 분 더 하는 식으로 귀가하려는 나를 슬쩍 붙잡았다. 그리고 너무나 늦어서 수습 불가능한 상황에 이르렀을 때, "아직 안 가고 뭐 했어?"라며 툭 손을 놓는다. 나는 선생의 이런 선득선득한 농담이 좋다. 기회가 되면 또 밤을 새워 술 마시고 노래하다 해뜨기 직전 주먹고기 집에서 소갈비를 구워 먹는 기염을 토하고 싶다. 기염이라니, 이 시대의 시가 기염이 아닐까. 과연 이 시대에 시는 가능한가. 그런 건 사실 잘 모르겠다. 그런 답은 각자 구하는 것이다. 다만 오늘 만난 전망의 현신 앞에서 지금 당장 미학적 고집을 세우기 시작하겠노라 다짐하지 않기란 어려운 일이다. 백년 동안 할 일이다. 오늘 할 일이다. 우선 먼저 택시를 잡는다. 내가 돌아가고 한참 후에나 선생은 댁에 들어갈 테다. 그 시각마저 우리 중 누군가에게는 백년을 시작하는 순간이기를. 그의 노래처럼 유쾌하게, 그의 시처럼 비장하게 바랄 뿐이다.

(『21세기 문학』 2015년 겨울호)

6

월

11

일

시

좋음과 싫음

그는 오늘 강의에서 유튜브 알고리즘이 우리 삶에 끼치는 불손하고 불쾌한 망령에 대해 일갈했고, 집에 오는 길에 홀린 듯 유튜브 짧은 영상을 두어 시간 내리 보았다. 강의를 위해 남쪽으로 가는 열차를 두어 시간을 타야 했고 거기서는 유튜브 긴 영상을 내릴 때까지 봤으며 혹여 휴대전화가 배터리가 다 닳아 없어져버릴지 몰라 불안하고 불민했다. 그가 오늘 강의에서 중간고사 평가 기준을 이야기할 때 졸던 학생들은 알고리즘처럼 일어나 뜨겁게 거수했다. 질문이 터졌다. 아니 점수를 잘 받아 뭐에 쓰게? 여기는 지방대인데…… 그런 말을 하면 안 되지만 그런 말을 유튜브 댓글에서 본 것 같다. 많은 아이디가 그 말이 맞는다고 했다. 거기에 좋아요를 눌렀었나? 비밀로 하고 싶다. 그는 오늘 강의에서 십삼만 구독자를 가진 유튜브 채널의 예술 콘텐츠를 틀어주고 십이 분을 거저먹었다. 크리에이터가 중세 문화사의 주요한 상징을 팬데믹 시기 혼란했던 월가의 어느 토요일과 연결하다 말고 문득 말을 멈추더니 유튜브 알고리즘을 조심하라고 일렀다. 이윽고 구독과 댓글과 좋아요와 알림 설정을 간곡히 요청했다. 오늘 강의에서 그는 엄지를 들었고 오늘 강의에서 그는 빠르게 다음 화면으로 넘어갔으며 오늘 강의에서 그는 귀신이 되어 홀연히,

---

6

월

12

일

시

둘째와 내 생일이 모두 6월이다. 우리는 쌍둥이자리이고 그래서인지 몹시 닮았고 그게 나는 철없이 참 좋다.

유월과 생일

　너무 덥거나 너무 추우면 우리는 이제 지구과학적인 걱정을 시작한다. 인간이 없었다면 지구에 이런 일도 없었겠지. 지구가 없다면 인간도 없을 텐데. 지구는 뜨겁거나 차가워도 지구, 인간은 시커멓게 타버리거나 새하얗게 얼어버릴 인간. 인간은 이렇게 살아갈 것이다. 인간은 그렇게 멸절할 것이다. 유월에는 쌍둥이의 생일이 있다. 하나도 아니고 둘이라니, 한 선배는 내게 미친 거 아니냐고 물었다. 너무 더운 날이기도 해 말씀이 너무 심하신 거 아니냐고 되물었다. 궁금한 것 같아 보이진 않는데 자꾸 물었다. 우리가 계속해서 살 수 있는지 물었다. 우리가 계속해서 존재할 수 있으리라 생각하니 물었다. 뭘 듣고 싶은 거지. 귀를 물어버릴까. 아니 일 년의 반이나 이렇게 살았잖아. 인생의 반은 지나간 것 같다. 이제 인생을 시작한 것들이 우리의 추잡한 바통을 건네받기 위한 훈련에 열중한다. 나는 어떻게든 넘어지지 않고 건네주자는 주의다. 그냥 넘어지는 척 드러누워 숨이나 고르자는 사람도 있을 것이다. 그와 나는 지구과학적 개념에서 결국 쌍둥이가 아니겠는가? 아니면 가까운 이웃이라도 되겠지. 선배랑 싸운 날은 사실 쌍둥이의 생일이었다. 쌍둥이자리인 쌍둥이들의 운세는 하루치씩 경신되었다. 너무 더운 날이었다. 아 죽겠네, 하는 말이 저절로 나오는 날에 태어난 우리 아이들을 우리는 대체 어찌하려고…… 에어컨을 켠다. 시원해지니 일단 좀 살 것

에세이

칠 년 정도 파주에서 서울 강남으로 출퇴근했다. 나만 유난히 힘든 것은 아니었겠으나 고통은 누구에게나 그 자신에게 최고치이므로 용기 내어 중얼거렸다.

3호선 내러티브

　경기도 파주 운정 신도시에서 서울시 강남구 신사동까지의 거리는 약 47킬로미터다. 차가 전혀 막히지 않는다면 자가용으로 한 시간 조금 넘게 걸리지만, 그럴 리는 없고 대중교통으로는 한 시간 삼십 분 정도 걸렸던 것 같다. 그러나 역시 그럴 리는 없었고 집 현관을 나서 사무실 책상에 앉는 시간을 정확히 따진다면 별수 없이 두 시간이 걸렸다. 그렇게 출퇴근에 네 시간을 소모해야 했다. 칠 년 정도 그렇게 살았다.

　G버스라는 것이 있다. 광역버스라 하여, 경기도 먼 쪽에서 서울의 안쪽으로 직장인을 실어나른다. 파주 운정에서 서울 강남으로 가는 녀석은 G7426 단 한 대뿐인데, 분명히 아파트 단지와 도심을 잇는 수도권의 적혈구(!)임에도 불구

하고 삼십 분에 한 대꼴로 운행한다. 출근길 G7426은 제2 자유로에서 자유로로, 자유로에서 강변북로로, 강변북로에서 올림픽대로로 제 몸을 옮겨가며 점점 서울시의 러시아워에 진입했다. 오른쪽 어깨 너머로 보이는 한강은 느릿하게 아침의 햇살을 튕겨냈다. 자연은 참 속절없지, 한강의 햇살이고 뭐고 나는 속절없이 잠을 청했다. 창문을 열 수 없는 버스의 공기는 노릇하니 답답했고, 강물이 튕겨내는 불빛이 깊은 잠을 방해했다. G버스는 안전을 위해 정해진 좌석만큼 승객을 싣기에 까딱하면 삼십 분을 기다린 버스가 내 몸 하나 건사하지 않고 떠나버릴 수도 있다. 가령 어떤 날은 이십 분을 기다렸고, 버스가 왔는데 자리는 내 앞사람의 앞사람의 앞에서 끊겼고, 그렇게 G7426은 파주 시민 네 명에게 깊디깊은 좌절을 선사하는 것이다. 이럴 줄 알았으면 전철을 탈걸. 길쭉하고 멀끔하고 약속을 잘 지키는 도시 전철. 3호선.

별별 가능성(주로 불행 편에 선)을 내포한 버스보다 전철을 선호하는 편이다. 긴 시간 출퇴근에는 역시 철로를 달리는 든든한 기계 장치가 제격이다. 이언 게이틀리의 흥미로운 저서『출퇴근의 역사』에 의하면 통근은 증기기관차가 상용화되면서부터 탄생한 개념이라고 한다. 물론 런던과 런던 교외의 노동자들이 그 출발의 주인공이었고, 이후 수많은 산업 도시가 출퇴근에 시달리는 인간들에게 철도라는 편의를 공급하였다. 그중 지하철은 우리에게 꽤 새로운 방식으로 인식되지만, 그것의 역사는 어지간한 신생 독립국보다 오래되었다. 런던의 첫 지하철도는 1863년 개통되었고 뉴욕 지하철 1호선은 1904년 운행을 시작하였다. 우리는 그사이에 흥선대원군에서 대한제국 사이의 역사가 있다. 물론 전철은 없었고 출퇴근 개념도 희박했을 것이다.

3호선을 타면 그 시절 대한제국의 왕족과 귀족, 상인과 노비들이 지나다녔을 서울의 오래된 표면 아래를 지나가게 된다. 경복궁역과 안국역, 종로3가역을 지날 때 특히 그렇다. 경복궁역은 청와대 입구이고 안국역은 헌법재판소와 가깝다. 흥선대원군과 고종의 시절에도 역사의 변곡점은 이 근방에서 춤을 추었겠으나, 지금은 근방 곳곳에서 갖가지 시위가 일어난다. 어떤 것은 역사를 견인하거나 뒤바꾸고 어떤 것은 무엇에 쓸모가 있는지 알 수 없기도 했다. 예를 들어 불신지옥 예수천국 같은 피켓을 들고 고래고래 소리를 지르는 사람. 그런 사람을 뒤로 하고 전철은 서울의 지하를 꿰뚫는다.

시작은 대화역이었다. 3호선의 종점이자 일산 신도시의 끝자락인 이곳은 아침이면 여기저기서 출근하기 위해 일시적으로 모여든 사람들로 인해 꽤나 혼잡을 이뤘다. 각자의 동네에서 버스를 타고 힘겹게 전철역을 찾아온 이들이 편의점에서 야채주스나 바나나우유를 사들고 종점의 열차를 기다렸다. 성저마을이나 장성마을에서 대화역까지 온 사람들은 어쩐지 덜 피곤해 보이고, 나처럼 파주 운정이나 교하에서 예까지 부득불 찾아온 사람은 조금 더 찌들어 보였다. 아니, 그럴 리가 있겠는가. 인간은 다 각자 몫의 피곤함이 있을 것이고 개인에게 그것은 늘 최대치일 텐데.

뒤에 탈 사람들에게는 미안한 일이지만 전철의 자리는 대화역에서 이미 동났다. 주엽역이나 백석역, 정발산역에도 많은 사람이 살고, 그들도 3호선을 통해 서울에 들어가겠지만 그들을 위한 자리는 없었다. 경기도의 많은 신도시 사람이 직장까지 앉아서 가기 위해 집을 나서 대중교통의 시작점까지 역행한다고 한다. 좀 서서 가면 어때……라고 생각하는 것은 순전히 앉아 있는 처지에서나 가능한 생각이다. 자리가 사람을 만든다는 말은 사실이다. 앉으니 눕고 싶다. 누우면 눈을 붙이기가 좀더 쉬울 텐데…… 일종의 베드타운인 일산의 도심은 내가 살던 광주의 도심과 일견 닮은 점이 있다. 유행에서 부러 칠 년 정도는 뒤처진 느낌을 내는 간판들, 어쨌든 명맥을 유지하는 프랜차이즈 상점들, 놀랍도록 뻔뻔한 불빛을 내는 나이트클럽과 성매매를 암시하는 명함 광고지들, 그 한가운데를 껄렁하게 지나치는 학생들. 전철역 입구에는 성격 모를 술집들이 풍선 입간판을 내어놓고 지하에서 영업을 한다. 같은 건물 삼층에는 보습학원이 있다. 이층에는 치과가, 일층은 콩나물국밥집이…… 이런 것을 두고 사이버펑크라고 할 수 있다면, 여기는 우리가 꿈꾸었든 아니든 관계없이, 우리에게 닥친 미래다. 미래도시 일산이라니.

지축역은 특수한 역이다. 서울도시철도와 코레일이 절반씩 운영을 맡고 있는데, 아마도 차량 기지 때문인 듯했다.

전적으로 승객의 편의가 아닌 철도의 운용을 위해 만들어진 역이라 해도 과언은 아닐 것이다. 그만큼 타고 내리는 사람이 없었다. 지축이라는 말이 무색하게도 그곳에는 침묵이 가득하다. 지축역은 서울과 경기도의 경계선에 자리하여 구파발역에서 삼송역으로 이어지는 뉴타운-신도시의 공백을 메운다. 서울과 경기도…… 나는 대한민국 인구의 절반가량이 모여 산다는 두 지방자체단체의 선을 넘으며 잠시 잠깐 지축이 흔들리는 것을 느낀다. 내 몸이 크게 흔들린다. 언제까지 이렇게 살 수 있나. 언제까지 이렇게 살아야 하나. 생각보다 괜찮은 삶이지만, 생각보다 흔들리는 시간의 공백이 잘 메워지지 않는다.

퇴근길에 약수역과 충무로역을 지날 때면 사람이 참 약삭빨라졌다. 나만 그런 것 같진 않아서 다행이긴 한데, 나만 그런 게 아니라서 치열한 경쟁을 피할 도리가 없다. 약수역과 충무로역은 서울의 주요 환승역으로서, 그만큼 타고 내리는 사람으로 혼잡하다. 물론 세계 최고의 복잡성을 자랑하는 신도림역, 인파에 밀려 내가 어디로 가고 있는지 모를 사당역 등에 비할 바는 아니겠으나, 나에게 있어 3호선의 환승역은 내리는 사람이 많아 앉을 기회가 생기는 곳이다. 여기서 못 앉으면 길게는 화정역까지 서서 갈 수도 있으니 퇴근길의 무릎은 뇌에 명령을 내린다. 눈을 굴려라, 머리를 써라, 앉을 수 있게. 실패는 생각보다 자주 면전에 온다. 손잡이에 기대어 어두운 지하를 달리며 전철의 밝은 실내를 거꾸로 비추는 창을 바라보면 널다 만 빨래 같은 사람들이 보인다. 우리는 어디를 가는 것일까, 이토록 열심히도, 이렇게나 무력하게.

서울에 올라와 처음 자리잡은 동네는 연신내였다. 어리숙하고 바쁜 마음에 잡은 반지하방에 몸과 마음 모두 내켜하지 않았고, 그래서인지 외박이나 늦은 귀가가 잦았다. 늦은 밤 혹은 새벽녘 연신내역에서 북한산 자락에 붙은 집을 향해 걷는 길은 어쩔 수 없이 오르막이었다. 전봇대를 기준으로 갖가지 모양의 음식물 쓰레기가 옹기종기 모여 있고, 여태 눈을 감지 못한 사람들은 다투는 소리를 내었다. 동네는 3호선과 6호선이 맞물리는 역세권이었으나 그것보다는 산동네의 느낌이 강했다. 6호선은 성질 급한 동그라미를 그리며 종점인 듯 종점 아닌 역들을 내처 돌았다. 호흡이 가쁜 모양이었다. 전철도, 나도. 거기가 서울의 끝인 것만 같았고 더이상 밀려날 곳이 없는 것만 같았다. 기실 그런 것도 아니었지만 그렇다고 아주 아닌 것도 아니었으므로. 가끔 3호선 차창에 기대 자면 연신내역의 언덕길이 아주 잠깐 꿈에 나타나고는 했다.

전철에서 앉아 깊은 잠에 들기란 어려운 일이다. 앉은 상태에서 전철은 오른쪽이든 왼쪽이든 옆으로 움직이고 관성에 따라 몸이 한쪽으로 기운다. 딱딱한 의자, 인체공학적이지 않은 등받이, 시끄러운 환경. 그럼에도 불구하고 인간의 눈꺼풀은 강력한 힘을 발휘하고는 한다. 그렇게 인간은 가끔 눈꺼풀에 지고 내릴 곳을 지나치며 지각에 당첨되는 것이다. 눈을 뜨면 고속터미널역이거나 양재역이었다. 많이도 왔구나, 나의 육신이여. 온 만큼 되돌아가야겠구나, 나의 정신이여. 고속터미널역은 광주에 살 때 자주 왔었다. 서울의 관문이라면 관문이었다. 네 시간 가까이 등을 붙인 버스에서 내려 세 개 노선이 겹쳐진 역의 몸통에 발을 디디면 경보 대회에라도 출전한 것 같은 인파의 속도에 박자를 맞추게 된다. 서울에 손님으로 왔을 때는 그 발걸음이 당혹스럽기보다는 부러웠다. 내 청춘은 보다 빠른 삶을 원했고 고향의 속도는 성에 차지 않았다. 지금은? 누구보다 빠른 발걸음으로 다시 반대편 지하철에 오를 뿐이었다. 고속터미널의 인파에 기꺼이 몸을 맡긴 채.

출근길 전철에서 나는 음악을 듣고 책을 봤다. SNS를 하고 뉴스를 검색했다. 잠을 자고 문자로 대화를 했다. 이것저것을 다 하고 더이상 할 것이 남지 않아 판단중지 상태가 되어 차창에 시선을 주면 그때야 한강은 나타났다. 이 도시의 거대함은 한강으로 인해 빛을 발하는 것 같았다. 옥수역에서 숨을 고른 열차는 압구정역으로 마저 달렸다. 동호대교는 열차 레인 둘과 레인을 밟는 열차, 도로에서 브레이크와 액셀을 번갈아 밟는 자동차들을 힘껏 지탱하고 있다. 압구정역은 강남 개발의 심장 같은 곳이다. 곳곳의 노후한 건물들과 리모델링을 통해 화려하게 치장한 외관은 1970년대와 80년대를 거친 개발의 남루한 흔적이며 동시에 현재성의 헐벗은 투과일 것이다. 강변에 붙은 오랜 아파트들은 자본의 오랜 전통을 자랑하듯 열을 맞춰 서 있다. 한강을 바라보며 재건축을 기다리고 있을 것이다. 자본의 열정과 자본의 품위, 자본의 포악함과 자본의 우쭐함을 오래된 역사들이 떠받쳤다.

신사역에서 내려 사무실까지 십 분 남짓 걸어야 했다. 신사역에 가장 많은 것은 아무래도 성형외과다. 역 곳곳에 일종의 아름다움이 전시되어 있다. 아름다움이란 무엇일까. 하루에 두 시간 이상 전철을 타며 나는 어떤 아름다움을 보았는지. 대략 삶은 아름다운 것이라 한강의 윤슬처럼 가볍게 말할 수 있는 것인지. 혹은 삶은 추악한 것이라고 이어폰을 끼고 스마트폰을 내려다보는 사람들의 시선처럼 무심히 말할 수 있는 것인지. 광고 판넬은 답을 주지 않을 것이었다. 역은 다음 차례의 역을 부르고 시간은 다음 순서의 시간을 부를 것만이 확실했다. 손잡이를 잡지 않고도 전철에 잘도 서 있는 사람들처럼 끝내 이동하며 살 것이었다. 답을 쉬이 찾지 않으며, 답을 믿지 않으며, 그러나 답을 갈구하며.

6

월

14

일

시

단지와 역사

우리 아파트에는 시린 역사가 있다. 경기도 외곽 신도시 애매한 위치에 어중간한 시기에 어정쩡한 가격으로 견본 주택을 열어 확연히 스산한 겨울을 보내고 이후 봄이 왔건 만 끝내 미분양되었으며 이 년 후 공기工期가 다 차도록 건 설 경기는 회복되지 않았다고 한다. 공기는 좋았다고 한다. 우리 아파트에는 시린 역사가 있어 브랜드라 하기에 남들 이 다 알아주는 이름은 아니었으나 입주민 카페에서는 최 고의 아파트로서 서로 치켜세워주며 전운과 슬픔을 나누었 다고 한다. 아이디는 동호수였다고 한다. 우리 아파트에는 시린 역사가 있는데 시공사가 부도의 위기를 맞아 절반가 량 남은 물량을 반의 반가량 할인하여 후분양해버렸는데, 역사의 산중인들이라 할 초기 입주자들이 들고일어나 정문 과 후문 모두에 바리케이드를 설치하고 호각을 문 채 감히

값을 후려친 자들의 이사를 막아세웠다고 한다. 제법 투사다웠다고 한다. 우리 아파트에는 시린 역사가 있으니 케이비에스 아홉시 뉴스에 모자이크 없이 송출되었고 들불처럼 퍼진 비난 여론에 입주자는 한 발 양보, 건설사와 일종의 합의를 보았다고 한다. 산 자는 모두 따랐다고 한다. 우리 아파트에는 시린 역사가 있어, 모든 사실은 엄격히 기록되어 후세에 길이 남을 예정이라고 하는데, 그것은 매년 매월 매일의 매매 기록이고 그것을 지우거나 수정할 엄두는 감히 그 누구도 내지 못할 것이라고 단지, 역사는 말할 뿐이다.

6

월

15

일

시

분류와 대조

　세상 사람을 둘로 나눌 수 있다고 믿는 사람이 부쩍 많아
진 것 같습니다. 그렇게 믿는 사람과 믿지 않는 사람으로 나
눌 수도 있겠지요. 당신이 여행을 떠난다면, 치밀한 계획을
짜는 사람입니까, 즉흥적으로 움직이는 사람입니까? 모르
겠다고 하지 마세요. 무엇이든 답하세요. 그렇군요. 당신은
주저하는 사람이군요. 세상 사람을 주저하는 사람과 단호
한 사람으로 나눌 수도 있답니다. 당신은 주저하는 마음으
로 결정한 주말여행의 계획을 치밀하게 설정했습니다. 출
발하는 시간과 도착하는 시간을 정하고 그 사이에 들를 곳
과 먹을 데를 빠짐없이 메모장에 썼습니다. 세상 사람을 기
록하는 사람과 하지 않는 사람으로 나눌 수 있겠지요. 아이
들을 어르고 달래 계획한 시간에 맞춰 도착한 갈치구이 맛
집은 노키즈존이었고, 당신의 세상은 뼈째 발라졌습니다.

세상 사람을 키즈와 노키즈로 나눌 수 있을까요? 어쩌면요. 어쩌면 세상 사람은 영원히 서로를 찌르고 베고 할퀸 채 둘로 나뉘고, 그 둘은 또다시 목을 조르고 콧잔등을 내리치고 머리칼을 잡아당겨 둘로 나뉘고, 그 둘은 역시나 눈알을 찌르고 손톱을 빼고 살점을 으깨어 둘로 나뉠 수 있습니다. 자, 지금부터는 수학의 영역이군요. 세상 사람은 수학을 할 줄 아는 사람과 할 줄 모르는 사람으로 나뉘는데, 이러한 추세라면 세상 사람들은 영원

6
월
16
일

시

욕망과 허구

이야기를 지어내고 싶다. 완전히 허구라면 더 좋겠다. 이야기를 짓다보면 주인공이 죽어야 대충이라도 좋은 이야기인 것 같기 때문이다. 이야기를 지어낼 형편이 안 되는 이의 고백처럼 들리겠지만 좋은 이야기의 상당수는 주인공이 죽었다. 예를 들자면…… 당신 머릿속에 떠오른 바로 그 이야기들이다. 당신 머릿속에 떠오른 바로 그 사람을 죽이고 싶은가? 아무리 그럴싸한 이야기를 지어낸다고 그가 실제로 죽는 건 아니다. 작가는 살인청부업자가 아니며 킬러가 될 만한 체력과 운동신경이 없다. 이야기를 지우고 싶다. 이야기에서 그를 죽여도 이야기 밖에서 그는 살아 있으니, 사람은 사람을 죽일 권리가 없고, 상징이나 은유라 하더라도 삼가면 좋겠지만, 아무리 멋대로 뭐든지 쓴대도 누가 살고 누가 죽겠는가? 바다와 도시에서, 심연과 변두리에서 죽어버린 새끼, 저마다의 이야기가 있었을 것이고 그것이 그저 이야기였다면, 지어낸 이야기였다면 좋았겠지만, 불가하다. 이야기는 없어졌다. 작가여, 삼가 명복을 빕니다. 이야기여, 좋은 데 가시오. 이야기를 지어내고 싶었다. 죽음처럼 완벽한 허구였다면 더욱 좋았을 것이었다.

에세이

6월은 야구 보기 좋은 달이다.
이 글에는 분명한 광기가 있다.
이게 다 야구 때문이다.

야구, 좋아하세요? ……아니요. 네.

처음에는 농담인 줄 알았다. 나와 같은 이름의 야구선수가 있었는데, 그 선수는 1986년 프로에 지명되어 MBC 청룡과 LG 트윈스에서 포수로 활약했다. 이만수 같은 스타 포수는 아니었고 장채근 같은 우승 포수도 아니었다. 뒤이어 등장한 김동수나 박경완처럼 이름을 걸출하게 남긴 것도 아니었다. 양의지나 강민호는 거슬러올라가기에도 멀다. 그럼에도 그도 프로선수로 뛰었으니 대단한 선수였음은 의심할 필요 없다. 심지어 그는 우리 어머니께 영감을 주었다. 다시 한번 말하자면, 그와 나는 동명이인이다. 살면서 그도 이름이 예쁘다는 말 좀 들었을까. 초면인 사람에게 이름만 듣고 여자인 줄 알았다는 말도 들었을까. 그의 할머니도 그를 효니야, 라고 불렀을까. 어릴 때 별명은 서노인이었을까, 싱거운 상상도 해보는 것이다.

그의 한자 이름까지는 모르지만 내 한자 이름은 (당연히) 안다. 효도 효孝에 어질 인仁. 이렇게나 유교적인 이름이라니. 이름의 기대와는 다르게 나는 효성이 지극하지도 심성이 어질지도 못한 채 불혹에 이르렀다. 어릴 때부터 '철수'나 '민수'가 되지 않은 내 이름의 유래를 묻고는 했는데 그때마다 어머니는 야구선수 이야기를 하는 것이었다. 병원에서 라디오로 고교 야구 중계를 듣는데, 그날따라 서효인 선수가 아주 잘했다나 뭐라나. 아니 그 시절에 이름을 할아버지가 지은 것도 아니고(할아버지가 문맹이라 그랬을지도 모른다) 아버지가 지은 것도 아니고 용한 점집에서 받아온 것도 아니고 산모가 야구 중계를 듣다 지었다니. 거 농담이 좀 심하지 않소? ……농담이 아니라고 한다. 최근에도 어머니는 웃음기 없는 얼굴로 진짜 그랬다고 말했다. 심지어 예쁘게 짓지 않았느냐며 만족감을 숨기지 않았다. 유교적 가치가 넘실거리는 한자 두 글자는 그저 소리에 맞게 붙인 거라고 하니 그제야 나는 이름대로 살아야 한다는 부담감을 다소간 덜어놓을 수 있었다.

근데 어머니가 그렇게 야구광이었나? 정작 나에게 (하는 게 아닌 보는) 야구를 전수한 이는 아버지였다. 무등야구장에서 당신은 나에게 찬찬히 야구 규칙을 설명해주었다. 해태라는 팀의 특별함과 몇몇 선수의 특출함 같은 것도 함께 일러주었다. 하루는 박철우 선수가 타구를 날렸는데, 투수 직선타가 되었고 열심히 스타트를 끊은 주자는 일루로 귀루하지 못해 그대로 더블아웃이 되는 것이었다. 아버지는 이를 두고 잘하려고 해도 잘 풀리지 않는 날도 있다고 말했다. 그 말은 후에 여러모로 해석되었다. 노력한다고 다 잘되는 게 아니다. 발버둥쳐도 그 자리거나 더 뒤로 갈 수도 있다. 행운과 불운은 인격이라는 게 없어 항시 임의적이다…… 그날의 병살은 생에 대한 모종의 복선이었을까? 그러나 야구와 삶이 서로 닮았다는 말은 하고 싶지 않다. 그렇다면 삶이 너무 괴로울 것 같으니까. 아버지와 달리 어머니와는 야구 이야기를 별로 하지 않았다. 도리어 어머니는 열내고 야구를 보고 있는 나더러 그걸 그렇게 봐서 뭐 하느냐고 혀를 차는 쪽에 가까웠다. 어머니의 태도는 내 이름의 유래를 농담이라 생각할 수밖에 없게 만들었다. 역시 야구팬의 고도화된 정언과 농담은 서로 구분할 수 없으니 나는 이름에 대한 부담을 완전히 놓을 수는 없는 것이렷다.

어머니는 운명론적으로, 아버지는 귀납론적으로 내게 야구라는 종자를 심은 셈이다. (그러지 말았어야 했다.) 이후로 나는 야구로 고통받는 억겁의 시간과 야구로 환희하는 찰나의 순간을 얻었다. 이건 아무리 봐도 손해다. 사람들은 내게 종종 이렇게 말을 건다. "야구 좋아하죠?" 나는 단호하게 말한다. "아니요, 아닙니다." 거짓말로 대거리를 하는 게 아니고 정말 그렇다. 나는 야구를 좋아하는 게 아니라 해태로부터 KIA로 이어지는 내 팀을 사, 사…… 좋아하는 것이다. 결과 혹은 과정에 증오심이 끓어오르기가 자주이니 이런 걸 두고 애증이라고 해야 맞을 것이다. 실제로 나는 타이거즈가 아닌 경우 야구 중계든 직관이든 무척이나 지루해한다. 야구는 너무 길고 너무 멈춰 있고 너무 빈틈이 많고 너무…… 암튼 너무하다. 그런 너무한 야구를 KIA가 하고 있을 때, 나는 너무한 인간이 된다. 그러니까 야구를 좋아하냐고? 솔직한 대답은 둘 중 하나다. "네니요." "아니요네."

KIA는 다행히 최근 성적이 나는 편인데(2024년 5월 기준), 이런 글로 부정 탈까 두렵다. 야구에 관한 모든 말과 글이 암흑의 주술처럼 느껴진다. 좋은 말을 하면 꼭 안 좋은 일이 생긴다. 반대로 안 좋은 말을 해서 좋은 일이 생기면 좋고, 말대로 안 좋아도 본전이니 계속 안 좋은 말만 하는 것이다. 안 좋은 말은 사람을 피폐하게 한다. 아무리 봐도 안 보는 게 삶에 더 나은 선택인데 저녁마다 야구 중계를 켜거나 그게 안 되면 중간중간 점수라도 확인한다. 그러다 시간이 난다 싶으면 예매 사이트를 뒤적거린다. 6월은 야구 보기에 좋은 시기. 비만 오지 않는다면 저녁에도 쌀쌀하지 않아 시원한 맥주에 너른 시야를 확보하고 좋아하는 야구를 즐기기에 딱 좋다. 거짓말이다. 6월은 시즌의 중반이자 여름의 시작으로 그해 농사를 좌우하는 중요한 시기라서 야구 보기에 알맞은 것이다. 기분이 좋아지니까, 위로나 위안을 받아서, 편안해지려고 야구를 보는 게 아니다. 몰랐나? 야구는 고통의 축제라는 걸. 오늘밤에도 폭죽이 터질 것 같은 예감이다.

불꽃놀이를 본 사람은 알겠지만 폭죽이라고 다 같은 폭죽이 아니다. 각자 다른 모양으로 밤하늘을 수놓기에 그 많은 사람이 여의도공원이며 해운대 백사장이며 그득그득 채워 폭죽 터지는 걸 보고 있지 않겠는가. 야구가 선사하는 고통의 축제에서도 폭죽은 다양하게 터진다. 불꽃놀이의 폭죽은 환한 탄성을 부르지만 야구의 폭죽은 죽 쑤는 탄식을 부른다. 결정적 상황에서 볼넷을 남발하더니 끝내 밀어내기로 한 점을 주고, 겨우 잡은 기회에서는 어김없이 병살타를 치는 것이다. 원 아웃 삼루에서 외야 플라이 하나 치지 못하고 삼진을 당하더니 다음 타자는 깊숙한 곳에 평범한 플라이를 날려 죽는다. 불규칙 바운드는 우리가 수비할 때만 일어나고 햄스트링 부상은 우리 팀 선수에게만 생긴다. 폭죽 같지 않은 폭죽도 많다. 투수가 초구 볼을 던지면 초구부터 볼이어서 화가 난다. 2구를 스트라이크를 던지면 아까부터 카운트를 잡았어야지 화가 난다. 풀카운트 끝에 아웃을 잡으면 투구 수를 못 아껴서 화가 난다. 12:2로 이기면 점수를 좀 나눠서 내야지 화가 난다. 2:1로 이기면 애간장이 녹을 뻔해 화가 난다. 1:2로 지면 애간장이 녹는다. 2:12로 지면 시커먼 간장이 된다. 내가 미친 걸까? 언제부터? 어머니가 내 이름을 이렇게 지어버린 그때부터? 아버지가 야구장에 데려가 저것이 무등산 폭격기의 공이다, 보여줬을 때부터?

1991년 장채근이 선동렬을 포옹하며 끝을 맺는 한국시리즈는 할아버지와 보았다. 할아버지의 풍채는 장채근과 비슷해 보였는데, 착각이었을 것이다. 나중에 실제로 본 야구선수들은 몸 자체가 일반인과 다르게 커다랬었다. 1994년에는 이종범을 보러 야구장에 자주 갔었다. 아무래도 돈이 없어 야구장 근처를 배회하다 경기가 끝날 무렵 문을 열어주면 잽싸게 달려가 9회 경기를 보기도 했다. 매번 이기고 자주 우승하니 사랑받는 줄 모르는 유년 시절처럼 그게 당연한 줄로만 알았다. 2000년에는 무등야구장에서 아르바이트를 했다. 그즈음 해태에서 KIA로 팀이 바뀌었다. 시급도 조금 올랐다. 갑자기 부자가 된 느낌이었는데, 이후로 팀은 정말 졸부처럼 내실 없이 매번 우승에 실패했다. 2009년에는 상경해서 우승 장면을 텔레비전으로 보았다. 좁은 방에 술에 취한 채 누워 응원가를 흥얼거리다 잠들기 일쑤였다. 이듬해에는 16연패 하는 동안의 패배를 열여섯 번 모두 채워 똑똑히 보았다. 네가 이기나 내가 이기나 보자, 하며 버틴 열일곱번째 게임에서 승리를 맛봤다. 이후로 고통의 축제는 계속되었다. 2017년 우승을 한 번 했는데, 나는 고속버스에 있었고 우승이 결정난 경기 후반부에 휴대전화 배터리가 방전됐다. 어제는 연장 끝에 승리를 거뒀다. 연장을 다 보느라고 진이 다 빠졌다. 아내는 하는 것도 아니고 보는 주제에 왜 힘들어하냐 혀를 찼다. 아닌 게 아니라 살이 1킬로그램은 빠진 것 같았는데 재보니 그대로인 게 의아했다.

이게 다 어찌 부모 탓이겠는가. 이걸 계속 보는 것은 내 의지의 반영일 뿐이고 거기에 첨가되는 운수에 따를 뿐이고 여하튼 결과에 순응할 뿐이다. 처음에는 농담인 줄 알았다. 야구 싫어한다는 말. 그런데 파면 팔수록 이런 생각이 든다. 고도화된 좋음은 싫음과 분간하기 어렵다. 둘 다 너무 복잡하기 때문이다. 자주 그 사이에서 길을 헤맨다. 엊그제는 딸아이가 아내에게 이렇게 말했다고 한다. 아빠 축구 그만 보는 게 좋겠다고. 축구와 구분하지 못할 정도로 아이는 야구에 관심이 없다. 나, 어쩌면, 정말로, 아이 교육에 성공하고 있는 건지도? 이게 다 농담처럼 들리는가? 야구 팬의 농담에는 음험한 구석이 있다. 오늘 저녁에도 외야에 부는 바람에 나는 괴로워할 것이다. 고통의 축제가 열린다. 아프냐, 나도 아프다. 그래도 나…… 고통은 싫어도 축제는 좋아했네. 오늘밤에도 야구공이 바람에 스치운다.

6
월
18
일

에세이

그래서 최근에는 나도 유산소 운동을 한다.

아마도 당신은

요즘 주변에 아픈 사람이 부쩍 많다. 그럼 나도 아픈가? 아마 그럴지도. 최근 건강검진에서는 별문제를 발견하지 못했다. 시인치고는 드물게 담배를 피우지 않아서인가? 아마 그럴지도. 한국인치고는 그나마 폭음하는 편은 아니라서? 아마 그럴지도. 어쩌다보니 건강깨나 챙기는 사람이 되어버렸지만 딱히 그런 것은 아니다. 심혈관 계통에 가족력이 있어 언제든 크게 아플 수 있다고 생각한다. 할아버지는 항암 치료를 이겨낸 다음해에 심근경색으로 돌아가셨다. 아버지는 때때로 심장이나 혈관 문제로 나를 병원으로 부른다. 병원은 가끔 보호자가 꼭 있어야 할 때가 있다. 아버지가 부를 만한 보호자는 나밖에 없는 듯하다. 아마 그럴 것이다. 나도 보호자가 필요할 때가 있었다. 다 크기 전까지는 꼭 병원이 아니더라도 보호받을 명분과 권리가 있으니까. 그때 아버지는 종종 자리에 없었다. 있어도 그다지 보호자답지 못했던 것도 같다. 당신은 그 시절을 크게 후회하는 것 같다. 그리고 싶지는 않았을 것이다. 아마 그럴 것이다. 그러나 그렇게 해버린 것도 사실이어서, 이제는 그 사실에 화가 난다기보다는 약간 슬프다. 아버지가 무섭지도 않고, 친근한 건 더더욱 아니어서, 아버지를 온전히 사랑하거나 미워할 수 없어 슬프다. 아마 그럴 것이다. 아아, 이건 괴상한 모양의 슬픔이다. 멀쩡한 두 눈으로 똑똑히 목도하고야 만 슬픔이다. 이런 건 슬픔이 아닌 찜찜함 아닐까? 아마 그럴지도. 나는 차라리 오이디푸스가 되고 싶었던 건지도 모른다. 그러나 내게는 눈을 찌를 기회가 없었다. 아버지를 사랑하고 아버지를 부정하고 아버지를 무서워하며 아버지를 넘어설 기회는 얼마나 존귀한가! 요즘 주변에 아픈 사람이 부쩍 많은데 그들의 공통점은 그들의 어머니나 아버지도 아프다는 것이다. 그리고 아픈 그들은 아픈 부모를 살뜰히 보살핀다. 슬픔과 피곤함을 머금은 채 도리와 마음을 다하는 모습은 아름답다. 나는 동대문의 가짜 가방처럼 그 아름다움을 흉내내는 동시에, 일부러 어설픈 한끝으로 가짜임을 들키기 소원한다. 나는 아프지 않다고 확신한다. 그리고 어딘가 아픈 것을 들킬지도 몰라 걱정한다. 동시에 누가 알아봐주길 간절히 바란다. 아버지는 최근 협심증을 일으켜 병원에 입원했고 일주일 정도 뒤에 퇴원했다. 나는 병원 생활에 필요한 물품을 사서 중환자실에 맡겼고, 병원과 연락을 도맡았으며, 접수와 수납을 하고 병원비를 댔다. 그러고 더는 앞으로 나아가지 않았다. 더 무얼 할지 몰랐다. 무엇이라도 더 할 수 있으면 좋겠는데, 마음을 다할 수 있으면 좋겠는데, 나는 괜한 뒷걸음질을 친다. 바쁘다고 말한다. 사실이기는 하니까. 내 모든 행동과 판단은 사실에 기반하여 이루어진다. 그것이 그의 후회를 더 깊게 할 것이 뻔한데도, 나는 선을 긋는다. 이 선이 나를 안전하게 해줄 것이라는 믿음이 있는 걸까? 아마 그럴지도. 아버지는 다행히도 중환자실에서 짧게 머문 후 일반 병동으로 옮겼다. 아이와 병문안을 갔고 아버지는 기뻐했다. 나는 아이의 뒤에 주춤한 자세로 서 있었다. 아마도 그러할 것이었다.

6

월

19

일

에세이

왜 너는 부적이 필요했을까.
—정용준, 「이코」(『선릉 산책』, 2021)에서

제 친굽니다

나는 소설가 정용준과 고등학교 동창이다. 나는 이 사실이 자랑스러워 기회만 있으면 이야기한다. 소설가 정용준 아시죠? 제 고등학교 친굽니다. 이 년 동안 같은 반이었어요. 묻지도 않았고 궁금해하지도 않았는데 너무 자세히 말하는 건가 싶지만 나는 농으로 뒷말을 덧붙인다. 제가 공부는 더 잘했어요. 물어본 사람? 궁금한 사람? 당연히 아무도 없지만 다시 말한다. 용준은 제 친굽니다.

학교에서 절친한 사이였다고는 말 못하겠다. 나는 학교에서의 일은 최선을 다해 잊었다. 모종의 이유로 삼학년 내내 낮은 단계의 따돌림을 당했는데, 용준은 그걸 '잘 나가는' 친구들 사이의 역학 관계로 해석했다. 용준의 말을 듣고 나서야 나는 비극의 주인공으로서 청소년 시절을 회상하고 호출하는 버릇을 다소나마 줄일 수 있게 됐다. 하여튼 그럼에도 당시에 꽤 괴로웠던 것도 사실인데, 그때 용준에게 많이 기댔던 것 같다. 용준은 나의 잘난 체를 잘 받아주었다. 예컨대 우리는 체육대회 하는 날 별다른 체육 활동을 하지 않고 구름다리에 걸터앉아 시를 이야기했다. 나는 기형도와 이성복을 다 안다는 듯 말하며 또 한껏 잘나버렸는데, 그걸 침 한번 안 뱉고 들어준 친구가 용준이니, 용준의 인성과 어짊을 다 헤아리기가 어렵다.

졸업 후 나는 졸업 전의 시간을 잊기에 바빴으므로 동창 누구에게도 연락하지 않았고 용준에게도 마찬가지였다. 건너건너 같은 지방 다른 대학 문예창작과 대학원에 소설을 잘 쓰는 또래가 있다는 소식을 들었고, 이름까지 함께 들었지만, 사실의 조각과 조각을 잘 연결하지 못했다. 나는 계속해서, 지독하게도 변함없이 나만 잘나려고 바빴다. 그게 잘 안돼 괴로운 나날이었다. 얼마 있지 않아 나는 서울로 무작정 거처를 옮겼다. 열아홉 살에 공부를 잘해서 서울에 왔으면 얼마나 좋았을까? 괜한 심술을 부리기도 했다. 스물아홉 살에 쫓기듯 서울에 오니 유독 코가 간지러웠다. 누가 베어

갈까 싶어서. 서울에 오니 잘나지 못한 내가 유난히 도드라졌다. 코는 충분히 멀쩡한데도 그랬다. 용준은 어땠을까?

한 유력 문예지에서 용준의 이름과 사진을 발견했다. 그는 이미 「가나」로 주목받는 젊은 작가였다. 반가워 바로 연락을…… 하지는 않았다. 소설을 읽고 다시 읽고 감탄하고 다시 감탄하는 시간을 가진 후에 연락처를 수소문했다. 여기서 정용준 작가의 문학적 탁월함을 왈가왈부할 필요는 없을 것이다. 그걸 모르는 사람은 소설을 모르는 것이니까. 다만 소설집 『가나』를 보며 나는 우리의 열일곱, 열여덟을 떠올렸다. 그 이야기들을 차곡차곡 몸에 비축하고 있었을 한 소년을 떠올렸다. 그의 소설에는 비극의 주인공으로서의 내가 아닌, 비극적 세계 안의 우리가 있었다. 잘나서 홀로 서서 죽는 단독자가 아닌, 잘나지 못해 부둥켜 흐느끼는 너와 내가 있었다.

용준에게 딸이 셋 있고 나에게 딸이 둘 있어 다 세려면 다섯 손가락 모두가 필요하다는 건 참 겸연쩍고 신비로운 일이다. 용준은 내 시집 『나는 나를 사랑해서 나를 혐오하고』

의 발문을 써주었다. 그 시집의 명문들은 책의 뒷부분에 몰려 있다. 용준의 발문이 뒤에 실린 까닭이다. 우리는 함께 가족여행을 간 적도 있다. (여러모로 다정다감한 김나영, 송종원 평론가 부부와 함께였다.) 셈해보니 거의 십 년 전에 대부도 여행을 같은 멤버로 다녀온 적이 있었다. 그때는 용준의 첫째가 두어 살이고 우리 첫째는 돌도 지나지 않았었는데…… 그보다 더 전에 용준과 나는 광주인성고등학교 후문 정류장에서 24번 버스를 함께 탔었다. 광주대 앞 노래방도 같이 갔었다. 또 뭐가 있었지? 시간이 참 빠르다. 이런 말은 우리 사이를 표현하는 가장 인색한 문장이라는 걸 알면서도 부박하게 쓰고야 마는 것이다. 어쨌거나 시간이 이렇게나 지나버렸으므로. 그리고 또 이만큼의 시간이 지나 그때도 지금과 같은 말을 할 수 있길 기복해보는 것이다.

나는 소설가 정용준과 오랜 친구다.

나는 그 사실이 자랑스럽다.

……

공부는 내가 더 잘했다.

6

월

20

일

짧은 소설

운하에서

파나마운하의 길이는 64킬로미터 정도로, 서울에서 인천 정도의 거리밖에 되지 않는다. 마라톤으로 치자면 두 번 레이스를 펼치면 되는 거리이다. 짧다면 짧은 거리를 지나면 태평양에서 대서양으로, 대서양에서 태평양으로 나아갈 수 있다. 콜럼버스는 파나마운하를 지나고도 대양을 건너, 인도차이나반도를 지나고 미얀마 해안을 따라 올라가야 겨우 만날 수 있는 인도를 발견했노라고 아메리카에 닿아서 외쳤다. 그것도 섬에 불과했지만. 그 이후로 콜럼버스의 후예들은 각종 전염병을 신대륙에 몰고 왔고 원래 그곳에 살고 있던 원주민, 즉 콜럼버스의 착각에 따라 '인디오'라 불리던 자들은 학살당했다. 파나마는 스페인의 보급창 노릇을 한다. 파나마는 시몬 볼리바르 시절에 독립한다. 파나마운하는 그로부터 거의 백 년이 지난 후인 1914년 미국에 의

해 개통된다. 1999년 운하는 미국에서 파나마로 운항권이 이양된다. 연간 이용 선박은 16,000대에 이르며, 운하를 통과하는 시간은 쉬지 않고 느릿느릿 움직여 여덟 시간 정도 걸린다.

운하에서 네 시간 정도에 닿는 호수 끝 마을에서 레오는 태어났다. 레오의 어머니 마르타는 선원을 상대로 한 객주를 운영했고, 아이를 일곱 낳았다. 레오는 일곱째였고, 레오 이후로 레오 어머니의 열정은 그 수명이 다한 듯했다. 어머니는 파나마에 잠시 들르는 뱃사람과 불같은 사랑에 빠지기 일쑤였고 세계 각지에서 몰려온 사나이들은 커다란 흔적을 남기고 사라지곤 했다. 마르타는 끈질기고 웅장한 생명력으로 그들을 키워냈고, 레오는 그 생명력이 미치는 마지막 영향권하에 있었다. 문제는 레오가 묘하게도 동양인의 얼굴을 가졌다는 것이다. 마르타는 늘 그랬던 것처럼 아이의 아버지가 누군지 크게 신경쓰지 않았다. 레오의 큰형은 보고타에서, 큰누나와 작은누나는 마이애미에서 일했다. 늘 쾌활했던 마르타가 유일하게 우는 시간은 미국에서 온 편지를 읽을 때였다. 레오는 이유를 묻지 않았다. 동네에는 히스패닉이거나 백인 혹은 흑인 아이들뿐이었으며 어쩐 일인지 레오의 형과 누나도 모두 그랬다. 멀쩡한 살에 칼자국이 난 것처럼 눈이 작고, 게다가 위로 치켜뜬 것 같으며, 병든 병아리처럼 노란 살결을 가진 아이는 레오뿐이었다.

마르타는 레오에게 네 아버지는 아마도 꼬레아노일 것이라 했다. 처음에는 그 남자가 중국인이거나 일본인일 것이라고 모두 생각했다. 마르타는 한국이라는 나라는 들어본 적도 없었다. 주류 도매상 파비우 할아버지는 파나마의 세계 챔피언을 무명의 한국 복서가 케이오로 이긴 적이 있다고 말했다. "그 한국이 남한인지 북한인지는 잘 모르겠구나." 둘은 여전히 전쟁중이라고 산체스 삼촌이 덧붙였다. 네 할아버지가 그곳에서 전쟁을 겪었다고. 마르타가 말을 이었다. "네 아버지 성은 빠끄였던 것 같구나. 꼭 욕하는 거 같지 않니? 엿이나 먹으라고. 이름은 잘 몰라. 발음하기 고약했어. 아주 말랐고, 검은 머리가 귀밑까지 엉성하게 자랐었지. 자세히 들여다보면 겁이 잔뜩 들어간 눈빛이었지만, 너도 알잖아. 그 작은 눈을 자세히 보기란 쉽지 않은 일이란다." 레오는 다음 말을 기다렸다. 마르타는 미간을 좁히며 힘겹게 기억을 더듬는 모양이었다. "하지만 눈과 눈이 마주치면, 굉장히 강렬한 뭔가가 거기에 있었어. 억울하다고 해야 하나. 화가 났다고 해야 하나. 상처받았다고 해야 하나. 얘야, 그건 설명이 안 되는구나. 때로는 모르는 것은 그저 모르는 채로 두는 일도 필요하겠지." 레오는 상처라는 말을 천천히 따라 했다. 욕 같은 성도 이름에 붙여 발음해보았다. 다음날 레오는 또다시 린치당했다.

레오가 태어나던 해, 대대적인 반미 시위가 있었다. 레오에게 발길질하던 아이들은 폭력적인 진압으로 시위가 조용해진 밤에 만들어졌다. 공포 속의 연인들은 서로에게 더 깊이 파고들기를 택했다. 파나마는 1900년대가 오기 전 이미 마흔 번에 걸쳐 행정부가 교체되었고 1960년대에는 군부 쿠데타가 일어났다. 산체스 삼촌은 시위 전문가로 불렸다. 이제는 다리를 절뚝이는 패잔병처럼 보일 뿐이지만 그의 눈빛에서 거대한 싸움에 속했던 사람의 이글거림을 찾는 건 어렵지 않은 일이다. "네 아버지를 똑똑히 기억하고 있단다. 이곳에서 적어도 보름은 머물렀거든. 글쎄 정확하지는 않구나. 그때 마르타와 네 아비가 만났어. 네 어머니는 곧 떠날 사람에게 마음을 주고는 했으니까. 동양인인데 영어를 꽤 하더구나. 스페인어는 물론 젬병이었고. 나랑은 좀 통하는 데가 있었지. 찢어진 눈이 마주보는 눈을 자꾸 피하는 버릇이 있었는데, 그건 꼭 너랑 같아. 애야, 대화할 때는 상대방을 똑바로 쳐다봐야지. 옳지, 그렇게." 산체스가 말을 잇는다. "그런데 너는 대체 어디서 그렇게 맞고 다니는 거냐. 어디 좀 보자. 그래, 알았다. 천치처럼 넘어지기는. 그래도 레오 너는 좀 나은 편이다. 네 다른 형제들은 그 빌어먹을 아버지가 누군지 알 길이 없잖니. 딱히 궁금해하는 것 같지도 않지만. 너는 좀 다를 수도 있겠지. 특별하다면 특별하다고 할 수 있으려나? 너는 눈매가 점점 더 네 아비가 되어가는구나."

안개가 유독 뿌옇던 날이었다. 비가 오지 않는 계절이었다. 그날은 비가 왔다. 사흘이 멀게 폭동과 시위가 일어났다. 운하 주변은 특히 심했다. 대서양과 태평양을 이어놓은 가느다란 지름길 주변에서 많은 젊은이가 죽거나 다쳤다. 빠끄도 그렇게 폭동에 휘말린 운하에 갇혀 한 달 하고도 보름을 파나마에 머물러야 했다. 마르타는 또다시 이별을 맞이한 후, 다시는 사랑 따위는 하지 않겠다며 다짐을 거듭하던 참이었다. 밖에서 총소리가 들렸고 깡마른 동양인 사내가 그 소리에 놀라 잔을 떨어뜨렸다. 비를 들고 투덜투덜 유리잔을 치우러 가는 마르타에게 사과를 건네는 동양인 청년의 목소리가 떨렸다. 때아닌 비처럼. 마르타는 그를 오래 쳐다보았다. 광대뼈가 얼굴 전체를 잡아먹고 있었다. 수염은 얇고 짧아서 볼품없었다. 그녀가 오래 쳐다본 것은 공포의 정중앙에 놓여 오히려 공허한, 그의 동공이었다.

마르타의 오빠인 산체스에게 숨어 있을 곳은 마르타의 가게뿐이었다. 좁은 방이 미로처럼 얽혀 있고 밖으로 나가는 문도 여럿이었다. 미군의 진압 작전이 진작에 끝났음에도 불구하고, 산체스는 그곳에서 빠끄와 며칠 동안 술을 마셨다. 동양인에 대한 호기심 때문이었다. 마르타는 곁에 앉아 둘의 목소리에 지지 않고 끼어들었다. 미군이 사람 몇을 죽였다는 소문이 돌았다. 그것이 사실 파나마 민병대의 소행일지도 모른다는 말도 있었다. 쿠데타를 벌인 세력과 반대 세력이 모두 같은 일을 벌였다고 했다. 미국이 방관한 일이라고 하는 사람도 있었다. 산체스가 물었다. "이런 게 너희 북한에서도 일어나는 일이야?" 빠끄가 말했다. "이봐, 나는 북한 사람이 아냐, 남한 사람이지. 뱃사람이라며 그렇게 방향 감각이 없어?" 산체스는 어깨를 으쓱해 보였다. 마르타는 귀를 기울였다. 빠끄는 술에 취한 산체스와, 안개비와 관련한 불길한 상상을 하는 마르타에게 자신의 이야기를 하기 시작한다.

"내 고향은 남한에서도 남쪽이었어."

비가 오는 날이었지. 내가 살던 도시에 며칠 동안은 경찰도, 군인도 없었어. 이곳은 그렇지 못한 것 같군. 세상에 이런 일은 아주 많아. 사람이 죽고, 죽은 삶은 아무것도 아닌 게 되지. 나는 국기를 몸에 두르고 지프차를 타고 도시를 질주했어. 처음부터 그랬던 건 아니었어. 사람들은 겁에 질렸지. 군인들이 사람들을 두들겨패고 강간하고 죽였거든. 우리는 도시에서 그들을 쫓아냈어. 누구든 우리를 도우러 오리라 생각했어. 다른 도시 사람들이 알아주길 바랐지. 그래야 살 테니까. 심지어 미국이 우릴 구하러 오고 있다고 생각했어. 글쎄, 어떻게 그런 생각을 할 수 있었을까. 이렇게 비가 오는 날이었지. 나는 무서웠어. 경계하던 구역을 버리고 집으로 숨어들어갔지. 어머니가 울고 있더군. 그리고 곧 총성이 들렸어. 군인들이었어. 군인들이…… 도청으로…… 사람을 죽이러…… 몰려가는 소리가.

레오는 광대뼈가 튀어나왔고 눈이 찢어졌으며 키가 작고 몸이 왜소하다. 레오의 생일은 초여름이고, 이상하게 그즈음이면, 지구 반대편에서, 이쪽 건너편까지 비가 온다. 운하 위로 화물선이 아주 천천히 지나가고 있었다.

6

월

21

일

시

엔딩과 앤드

이후로 고향에서는 타지에서 온 누구라도 이야기를 시작하면 괜찮다고 등허리를 두드려준다. 고향에는 용서할 준비를 마친 사람들이 있다. 용서할 결심은 되었는데 용서를 비는 사람이 별로 없어서, 조금만 사과의 기미가 보이면 부리나케 용서한다. 괜찮네, 괜찮네, 괜찮다네, 말한다. 그리고 다시 용서할 준비에 매진하는 것이다. 봄꽃이 피고 봄꽃 위에 찬비가 내리고 찬비 위에 꽃잎이 지는데, 고향에서는 유독 이후로

6

월

22

일

편지

여덟 살부터 스물아홉 살까지 광주에 살았다.

그것이 나의 전부인 순간이 생각보다 많아 당혹스럽지만.

받는 사람 없음

있잖아, 이미 오래전에 나는 광주를 완전히 떠났는데 말이야. 부모님은 더 남쪽으로 나는 위쪽으로 완전히 떠버려서 광주에 올 일은 이제 별로 없게 되어버렸는데 말이야. 작년인가 재작년인가 대학 후배가 작은 강연을 하나 해달라고 하여 오랜만에 광주를 찾았는데, 아니 그전에도 광주에 몇 번 간 적은 있었지만 역시 그것도 특강 비슷한 거였고, 전남대학교 강의실에 잠깐 들렀다가 도망치듯 광천터미널이나 송정리역으로 택시를 타고 가버렸었는데 말이야. 왜 그랬는지는 모르겠단 말이지. 어쩐지 이제는 거기에 더 머물고 싶지 않다는 생각이 들어. 그렇게까지 생각할 이유는 없는데, 이유가 없다는 게 더 섭섭하고 무서운 일일지도 모르지만, 어쨌든 후배가 부른 곳은 충장로 근처였어. 알려준 주소를 따라가보니 옛 광주학생회관 건물이더군. 거기라면 조금 다닌 적이 있지. 열람실에 가방만 던져놓고 무엇에 쫓기는 사람처럼 바깥으로 나가 하루 종일 놀다가 다시 가방만 찾아 집에 돌아간 날이 몇 되거든. 다른 기억도 있어. 일층 전시실에서 가끔 '시화전'을 했는데, 그런 것도 구경했지. 나는 고등학교 때 문예반이었는데 말이야, 지금은 시인이니까 꽤 자연스러운 흐름인데도 시화전이니 문예반이니 하는 말을 하려니 조금 열없는데, 그땐 그랬지. 다른 학교 시화전에 구경 가서 괜히 다른 성별의 학생에게 말도 걸고 그랬는데, 그래서 가끔은 유생촌에서 밥도 같이 먹고 에일리언 노래방도 가고 무등극장이나 제일극장에서 영화도 보고 그랬는데, 강연하러 가는 길에 둘러보니 그때 다니던 곳은 온데간데없고 통신사 대리점 간판만 번쩍이더군. 충장서림와 궁전제과는 있기는 있는데, 그때는 꽤 크다고 생각했는데 어째서 조그마해진 걸까 의아하고 말이야. 광주학생회관은 이제 시민단체에서 운영하는 청소년 재활 센터로 쓰이더라. 거기에 정말로 청소년들이 내 말을 들으려고 모였는데, 나는 뒷머리를 긁으며 저도 이 근처에 자주 왔었는데 말이죠, 하며 말문을 열었어. 시인이 와서 하는 강연이라는 게 빤하지. 빤한 소리나 하다 돌아온 것 같아. 서울행 버스를 타고 강남고속버스터미널에 내려 다시 버스나 택시를 타고 내가 사는 경기도의 신도시로 갔던 것 같아. 버스 창에 기대어서 바깥의 풍경이 광주의 것에서 서울의 것으로 바뀔 때 조금 울었는데, 왜 울었을까. 지나간 것에 대한 상념인지 궁상인지 모르겠는데, 나는 사실 광주극장에서 충장파출소와 우체국을 지나 구시청사거리에 이르는 그 복잡하고 서글서글하고 난감한 길을 또렷이 기억하고, 그 길을 참 좋아했던 나를 기억하거든. 친구랑 걷든 나 혼자든 몇 번을 돌았는지 몰라. 넓지도 좁지도 않은 충장로 곳곳을. 싸구려 보세 옷가게와 레코드가게와 팬시문구점 들. 지하상가의 카메라전문점과 짝퉁 신발가게 들. 괜히 지하상가 몇번 출구 계단의 끝까지 걸어나가면 옛 도청의 흰 벽과 맞닥뜨리게 되는데, 해 저무는 어스름을 받아안고 있는 그 건물의 외벽이 좋았어. 불과 몇 년 전에 여기에서 사람이 많이 맞고 죽고 했다고 그랬지. 사진도 보았었지. 나는 야간자율학습 시간에 도망쳐나와 그 사람들의 발바닥이나 등이나 심지어 머리통이 닿았을 땅을 혼자 천천히 밟고 돌아다니고는 했단 말이지. 그러면 무엇이라도 할 수 있을 것 같은 용기가 솟아났다는 말은 아니야. 그런 게 있을 리가 있나. 나는 그저 어린아이였고, 광주 사투리를 쓰는 여드름투성이 소년이었고, 그런 녀석의 진지한 다짐이나 숙고가 오 분 이상 지속될 리가 없잖아. 대학을 졸업하고 동아줄을 잡듯 시작한 대학원 생활까지 마친 이십대 끝자락에 나는 광주가 싫어졌고 그즈음에는 충장로를 걷는 일도 없었다는 말이야. 나는 벗어나고 싶었고 광주의 골목과 대로와 상처와 역사가 나를 옥죄는 것 같았고, 또 어쩌면 그냥 이 빌어먹을 사투리가 싫어서, 떠났는데 말이야. 강연에서 만난 열일곱, 열여덟 살이 된 아이들이 내는, 부드럽게 꺾이다 어느 파열음에서 더 뭉근해지는 그 말투에 서러움이 올라오더란 말이지. 너희도 커서 나 같은 것이 될까. 떠난 고향에 대한 복잡한 기분에 고개를 흔들지만, 나는 한번 들어버린 생각을 떨쳐낼 수 없는 나약한 인간. 우리는 모두 그런 인간이란 말이지. 나에게 광주는 그날 충장로에 정신 사납게 모여 있던 장소들과 그 가게들 사이를 오가던 어린 시절과 뜻모를 시간의 합인데 말이야. 합하고 합해지면 그 합에 뭔가가 나와야 하는데, 어째서 광주에 잠시 들를수록 내 마음은 마이너스가 되는지. 나에게 광주란 무엇인지. 빤한 이야기를 하고 싶지 않았는데 말이지. 그러려고 하다보니 무슨 말인지 모를 말을 뇌까리고 있는 나는, 광주에서 태어난 사람. 광주에 있던 사람, 이제 광주에 없는 사람. 있잖아, 그런 사람이란 말이야, 내가. 그러니 너는 잘 있으렴. 언제나처럼 복잡하게 슬프고 온전히 자랑스러운 나의 동네, 나의 도시, 나의 그곳에서.

에세이

어머니는 작은 스프링 노트에 시를 썼는데, 그걸 잘 모아둘 걸 그랬다. 지금 어머니는 책을 읽거나 글을 쓰거나 하지는 않는 것 같다. 하지만 그것이 무어가 중요한가 싶다.

글을 쓰고 찾아보니 사직도서관은 정작 양림동에 있었다. 양림동이라면 지금도 갈 만한 곳이다. 오히려 그때는 많은 이가 그곳의 가치를 몰라봤던 것 같다. 나 빼고.

사직동

어머니는 책을 좋아했다. 집에 어지간한 베스트셀러는 대체로 꽂혀 있었다. 책을 살 수 없으면 도서관에라도 갔던 것 같다. 삶의 틈바구니에 끼어 버둥거리느라 자주 가지는 못했을 것이다. 많아야 네 번, 아니면 세 번. 어머니는 어린이 열람실에 나를 놓아두고는 읽고 싶은 것을 읽으라 하였다. 지방 소도시의 작은 도서관 지하 열람실. 어린이 서가답게 알록달록한 벽지 아래로 동화책과 그림책이 그득했다. 해가 절반쯤 드는 자리에 앉아 몇 권 읽었다. 그러다 못 참고 이리저리 돌아다녔다. 어머니는 다른 책을 읽고 있었고, 오랜만에 꺼내 쓴 안경을 연신 콧잔등 위로 밀어올리고 있었다.

고향 도시의 도서관은 오래전부터 왕실과 나라를 위한

종묘사직을 모시고 제사를 올리던 동네에 있었다. 지금은 그런 먼지 쌓인 역사 같은 것은 아무도 신경쓰지 않고, 그저 한적하기만 한 동네다. 이름은 사직동. 그래서 도서관도 사직도서관이었다. 그 옆에는 사직공원과 사직동물원이 있었다. 사직도서관에 올라가는 긴긴 계단과 계단 아래로 둔탁하게 내려앉은 언덕배기, 별로 관리되지 않은 공원, 희미한 경계에서 갑자기 나타나던 동물원 팻말, 동물원 가운데 느릿느릿하게 숨만 쉬고 있는 것 같은 구렁이와 그 구렁이를 가둬놓은 유리관에 낀 이끼…… 이런 이미지가 색깔 찰흙처럼 하나로 섞인 그곳을 좋아했다. 어머니는 근처를 산책하다 별것 아닌 배경에 날 세워두고 필름 카메라로 사진을 찍고는 했다. 가방에는 도서관에서 빌린 소설책 한 권 정도가 있었고, 나는 가방에 책과 카메라를 든 어머니가 있어서 다행이라는 생각을 했다.

어머니 손을 놓고 버스를 탈 수 있게 되면서부터 사직동에 혼자 다니기 시작했다. 겨우 초등학생인 주제에 그것이 나에겐 일종의 순례에 가까운 하루치의 여행이었다. 순례의 첫번째 코스는 도서관이었다. (가방 둘 공간이 필요하기도 했다.) 찌는 더위가 공기를 장악한 여름의 어느 평일, 열람실은 한적했고 사서는 어린 방문객에게 바람이 닿도록 선풍기 머리를 이리저리 움직였다. 방학이란 좋은 것이구나, 하는 것은 늦잠을 잘 때와 열람실에서 책을 고를 때뿐이었다. 책은 차고 넘쳤다. 어머니는 내게 특별히 책을 고르는 법을 알려주진 않았다. 새로 들어온 책이 있으면 아무 페이지나 펴들고 거기에 볼을 부비며 종이 냄새를 맡았다.

자주 읽었던 책은 『나의 라임오렌지나무』였다. 초등학생의 선택으로는 딱 알맞았다. 몇 번을 읽었는지 셀 수는 없지만 괜한 나무 기둥을 보고 밍기뉴라 여기길 여러 번이었고, 뽀루뚜가 아저씨가 사고를 당했다는 소식에는 두어 번 눈물을 흘렸다. 기분을 전환할 겸 학습만화도 보고 어른들이 읽을 법한 책도 읽었다. 찰스 디킨스의 『위대한 유산』은 청소년판으로 읽었는데, 내용이 도통 머리에 들어오지 않았다. 어쩌면 내가 고아일 수도 있겠다는 허황된 생각과 또는 우리 모두가 고아로 태어난 게 아닐까 하는 서툰 의심을 했었다. 『세계사 100장면』 같은 책도 자주 봤다. 한 장면을 읽고 잠시 책장을 덮었다. 역사의 중요한 순간에 내가 속하는 상상을 하면 어쩐지 으스스했다. 100장면의 주인공보다는 100장면의 배경에서 죽어나간 사람 중 하나가 될 것만 같았다. 그러다 문득 창밖을 보면 더위가 여전히 사나웠고 공원에서는 매미가 맹렬한 여름의 시작을 알리고 있었다.

도서관 일대를 자주 가다보니 사직도서관에서 사직공원으로, 사직공원에서 사직동물원으로 갈 수 있는 비밀 통로를 알게 되었다. 남자 저학년 초등학생이 몸을 구부려 통과하기에 적당한 크기의 개구멍이었던 것 같다. 구멍을 통과하면 쇠락한 동물원의 구석으로 연결이 되었고 관리하는 분들의 관심을 피해 적당히 돌아다니면 원숭이니 공작새니 구렁이니 하는 것들을 꽤 가까이서 볼 수도 있었다. 도서관에서 여러 책을 섭렵하는 이유는 사실 늦은 오후 동물원에 잠입하기 위해서였는지도 모르겠다. 어쨌든 녀석들은 낡은 동물원에 어울리게도 몹시 침잠한 모습이었다. 사자나 호랑이, 코끼리 같은 것은 없었다. 좁은 우리에서 별로 신기할 것도 없는 동물들이 무심한 얼굴을 하고 있었을 뿐이었다. 녀석들과 눈이 마주친 적이 있었을까. 글쎄, 그렇게 오랫동안 처다보고 있지는 못했던 것 같다. 여름의 동물원은 냄새

가 지독했다. 그 냄새를 몸에 묻힌 채 해가 저물 즈음에 집
에 돌아왔다.

어린이 혼자 나서는 사직동 순례는 꽤 오래 지속됐다. 사
직도서관 가는 길은 쉬운 코스는 아니었다. 버스를 타야 했
고, 버스에서 내려 언덕바지 동네를 가로질러 한참을 걸어
야 했다. 적산가옥과 이층 양옥이 번갈아 나타나는 오르막
길이었다. 가는 길에 슈퍼에 들러 사이다 한 병을 사 먹을
여유가 어린 나에게는 없었다. 어떤 날에는 가방을 등에 멘
중고등학생들이 어린이 열람실까지 자리를 차지하고 시험
준비를 하거나 잡담을 나누기도 했다. 나는 그들의 공부 혹
은 잡담에 방해가 될까봐, 혹은 그 또래 형들의 몽매한 에너
지가 왠지 무서워 자리를 피하고는 했다. 동물원에 갈 시간
을 기다리며 서서 책을 읽기도 했다. 역시나 종이 냄새를 맡
으며, 볼을 부비면서.

학년이 올라가고 나의 도서관-동물원 순례는 막을 내렸
다. 학원에 다니기 시작했고, 방학이라고 예외는 없었으며
그래서인지 나의 미스터리한 열정도 기세가 꺾이고 말았던

것이다. 사직도서관은 후로 몇 번 다시 갔다. 교복을 입은 채였다. 그때 그 형들처럼 도서관 책상에서 공부하거나 잡담하거나 엎드려 잤다. 도서관 앞 분식집에서 떡볶이며 순대며 하는 것들을 자주 사 먹었지만 동물원에는 가지 않았다. 공원 산책도 하지 않았다. 무엇보다 책을 잘 읽지 않게 되었다. 라임오렌지나무를 믿지 않게 되었으며 고아라니 말도 안 된다 여겼으며 세계사의 중요한 장면은 시험 때문에 외웠다.

어머니는 더욱 바빠졌다. 도서관에 가거나 책을 읽는 일도 완연히 없어졌다. 어머니는 가끔 머리맡에 메모지를 펴 놓고 시나 짧은 에세이를 짓기도 했었는데, 어느덧 그런 일이 있었던가 싶어졌다. 삶은 점점 더 팍팍해졌고 바빠졌으며 재미없어졌다. 그것이 언제부터인지 모른다. 함께 도서관에 가지 않으면서부터가 아닐까, 짐작할 뿐이다.

동물원은 없어졌다. 같은 도시의 다른 지역(우치동)에서 새 단장을 하게 되었고, 동물들은 그쪽으로 옮겨졌다고 한다. 움직임이 시원찮은 원숭이, 날개를 펴지 않던 공작새,

죽었는지 살았는지 가늠이 되지 않던 구렁이는 어떻게 됐을까. 후에 가본 우치동물원에는 호랑이도, 사자도, 코끼리도 있었다! 그러나 그런 것에 흥미를 느낄 나이는 훨씬 전에 지나버렸다. 이제 내게는 그림책을 보며 코끼리와 악어를 외치는 딸이 생겼다. 어머니는 할머니가 되었고, 도서관에는 더이상 다니지 않는 듯하다.

사직동을 다니던 어릴 적 기억은 사실 모조리 흐릿하다. 내가 말하는 것 중 무엇이 진실이고 무엇이 환상인지 잘 구별되지 않는다. 어떻게 도서관에서 동물원으로 마음껏 왕래했는지 알 수 없다. 최근에 우연히 한번 찾아갔던 사직동 일대는 기억하던 모습이 전혀 아니었다. 그곳은 심지어 사직동이 아닌 양림동에 가까웠는데, 스산하기보다는 아름다운 곳이었다. 혹시 머리가 마음에 대고 요사스러운 거짓말을 하는 것일까. 그렇다면 그 말을 믿을 수밖에 다른 도리가 없지 않은가. 믿지 않음보다 믿음이 언제나 쉬운 일이다.

그때의 어머니처럼 아이와 도서관 나들이를 하면 좋겠는데, 나는 책에 관한 일을 잔뜩 하는 사람이 되었음에도 그때 어머니가 책을 좋아하던 모습처럼 순진하게 책을 좋아하지 못한다. 간단히 (혹은 뻔뻔하게) 말하자면 주말에는 책이랑 멀리 있고 싶다. 그래도 만에 하나 다음주 토요일에 아이와 동네 도서관에 간다면, 도서관 근처 공원이나 적당한 나무 앞에서 사진을 찍어야겠다. 그리고 마음대로 도서관을 다니며 책을 보라고 해야지. 그러면 아이에게도 진실인지 환상인지 분간되지 않는, 그러나 어쩐지 천국이며 현실인 것만 같은 장면 몇이 생길지도 모를 테니.

6
월
24
일

시

사주와 영업

이러다 죽겠다는 말을 주고받는 중에 죽는 날은 못 받아도 태어난 날은 알 수 있지 않으냐고 그러는 것이다. 몇날 몇시에 세상에 나왔소? 음력 생일은 몰랐다. 상관없다 하였다. 6월에 태어난 쌍둥이자리지만 솔직히 태어난 시간까지는 몰라서 대충 대답했다. 그는 몰스킨 엑스스몰 다이어리를 펼치더니 거기에 뭘 열심히 적었다. 언제 죽게 될까? 경기는 언제 살아나지? 그보다는 쇠와 흙이 많은 게 중하다고 했다. 특히 쇠의 기운이 강하다고 했다. 인생의 힘든 기간이 세 번 오는데, 그나마 오십이 넘어가면 괜찮아진다고 하였다. 아직 육 년이나 남았다. 쇠 둘과 흙이 조금…… 그는 발주를 당신이 원하는 만큼 낼 수는 없다고 하였다. 그것이 그 상품의 운명이라 하였다. 원하는 대로 살 수는 없는 법이라지만 이러다 죽겠습니다, 하니 그것도 팔자겠지요, 했다.

운명은 원하는 게 아니다. 받아들이는 것이다. 더 들어보세요, 제가 공부를 좀 했걸랑요. 지금 물이 부족하니까 그나마 있는 흙에 나무가 없는 상태거든요? 나무가 없으면 쇠가 점점 달궈지는 법이거든. 그가 처음으로 맞은편의 표정을 살폈다. 적잖이 달아오른 모양이었다. 이게 다 이론적으로 통계학적으로 철학적으로 되는 이야기니까요. 아니 진짜 이러다 죽겠다. 이번달이든 다음 분기든 내년이든 죽기 직전까지든 꿈꾸며 기도하는 오늘부터 우리는…… 이론적으로 통계학적으로 무엇보다 철학적으로 충분히 가능한 이야기였다. 명함을 집어들고 터덜터덜 끝인사를 나누었다. 연말연시도 아닌데 복 많이 받으라고 하였다. 주차장 쇠기둥에 차를 긁었다. 오늘의 운세는 듣지 못했다는 걸 깨달았다. 다행히 아직 죽지는 않았지마는.

6
월
25
일

시

유리와 파전

선거 전날 전집 모여 술 마신다. 해물파전을 우선 주문했다. 파전을 부치는 동안 목소리가 높아지니 건너편 테이블의 노인이 힐끗댄다. 시선의 사선에서 우리는 마주쳤고 노인이 먼저 눈을 피했다. 선거는 내일인데 벌써 이긴 듯해 우쭐했다. 그는 선거운동원 점퍼를 허리에 묶은 채였다. 나는 그게 기름내보다 역했다. 그가 신기 잃은 박수무당이나 녹슨 칼을 쓰는 백정으로 보였다. 나는 그를 마음으로부터 좀 더 괴롭히고 싶었다. 저런 노인은 지독하고 비루한 고집으로 가족 모두에게 버림받았을 거다. 저런 노인은 하루 몇만 원에 남은 인생과 양심을 묶어서 팔아치울 종자일걸. 저런 노인들을 싹 잡아다 삼청교육대를 보내야 하는 건데 아쉬울 뿐이다. 사상과 표현의 자유는 기름에 튀긴 음식처럼 맛있고 나는 나의 날카로울 만치 바삭한 권리를 한껏 음미한다. 코를 벌렁거리며 전을 집어 간장에 찍는다. 선거가 내일이고 내일은 쉬니까 오늘은 한잔해도 괜찮지 않겠어. 노인은 이제 나와 눈을 마주치지 못한다. 전집은 늘 너무 밝아서 탈이다. 바깥은 간장처럼 어둡고 통유리 안쪽 나의 모습이 선명하게 비친다. 거기 내 눈을 피한 채 새우처럼 허리를 말고 온종일 우물거리는 노인이 보였다. 우쭐한 마음에 오른손을 뻗어 악수를 청했다. 그가 거의 동시에 반대편 손을 내밀었다. 선거 전날 전집에 모여

6
월
26
일

짧은 소설

물구나무를 서다

단상에 오른다. 낭송을 위해서다. 어디서부터 읽어야 할
지 깜깜해진다. 시에 집중해야 한다. 식은땀이 봄바람에 떨
어지는 벚꽃처럼 온몸을 적신다. 나는 몇 번을 더듬거리고
나서야 겨우 첫 문장을 시작한다.

*

태는 똑바로 걷는 일에 집중했다. 지독한 팔자걸음이기
때문이다. 태에게 걷는 일은 무신경에서 신경으로 자신을
조련하는 일이었다. 태는 신경을 곤두세우고 걸었다. 일자
로 걷기 위해서다. 하지만 걷다보면 그의 걸음은 어느새 우
스꽝스러운 곡선을 그리고 있었다. 지면에서 들어올린 발
을 앞으로 곧게 내밀지 못하고 바깥다리를 걸듯 휘휘 돌리

고 난 다음에야 한 걸음 내딛는 식이다. 그의 걸음은 크고 정확한 동그라미 두 개였다.

문예반 문을 열고 태가 휘적휘적 걸어들어온다.

태는 몸도 동그랬다. 고등학생이지만 직장인처럼 보이기도 하고, 때에 따라서는 두 아이의 아버지로도 보였다. 곱슬머리를 짧게 하고 얼굴에는 여드름이 가득했다. 삐죽삐죽 튀어나오려는 노란 반고체 물질이 얼굴 곳곳에 자리하고 있었다. 태를 쳐다보는 사람은 자기도 모르게 미간을 좁혔다. 동그란 걸음걸이에 동그란 몸집, 못생긴 얼굴의 태. 태는 시를 썼다. 시를 쓰는 태를 아이들은 놀렸고, 은근히 따돌렸고, 대놓고 무시했다. 그리고 태는 시를 잘 썼다.

태가 걷는 일에 더욱 집중하는 이유는 자주 단상에 나가야 하기 때문이다. 입학 후 처음으로 함께 나간 지역 대학교 백일장에서, 벚나무 아래서 시를 썼던 태는 장원을 받아왔다. 나는 구석에 숨어 담배를 피우고 다른 문예반 여학생과 인사를 나눴다. 그리고 적당한 곳에 앉아 적당하게 글을 쓰고 학교 밖으로 나가버렸다. 그런 내가, 게다가 일학년인 주제에 장려상을 받아온 것은 놀랄 만한 일이었으나 장원을 받은 태가 있어 완전히 묻혀버렸다.

그 상으로 태는 처음 전교생 앞에 나서야 했다. 그날따라 유난히 뚱뚱했다. 뚱뚱한 태가 뒤뚱뒤뚱 조심스럽게 걸어서 단상으로 나아갔다. 진행을 맡은 학생부장은 지겨운 표정으로, 수상자는 빨리 나오라 채근이었다. 태는 급한 걸음을 했고 그것은 완전한 팔자걸음이었다. 체육관에서 태의 모습을 굽어보던 학생들이 키득거리기 시작했다. 삼학년은 대놓고 깔깔 웃었다. 학생부장이 상장에 적힌 글귀를 읽었다. 교장이 상장을 건넸다. 태가 경례를 했다. 교장이 경례를 받았다. 태가 교장이 손을 내리기도 전에 경례한 손을 내려버렸다. 교장은 헛기침을 하고 돌아섰다. 태는 단상의 계단을 내려오다가 삐끗해서 넘어지는 빤한 슬랩스틱도 보여주었다. 다행스럽게도, 장려상을 받은 나 따위는 쇼의 중앙에 나서지 않아도 되었다. 자리에 앉아 더 크게 웃었다. 저런 병신이 나랑 같은 문예반이라고.

그 일 이후로 태는 전교생의 돼지가 되었다. 시쓰는 팔자걸음 돼지. 시.팔.돼. 그것은 욕과 발음이 비슷했고, 아이들은 쉽게 욕을 했다. 태는 쉬는 시간이면 문예반에 앉아 죽쳤다. 청소를 하고 책을 읽거나 시를 썼다. 태가 지나가는 자리마다 시팔돼야 똑바로 걸어라, 누군가 외쳤다. 문예반 선배들은 여고 문예반과의 회합에 태를 데려가지 않으려 했다. 시팔돼에게서 땀냄새 비슷한 것이 났기 때문이다. 그는 문예반에서조차 왕따였다. 야, 시팔돼! 안 씻을래? 아오, 이 더러운 새끼야. 어쨌든 태는 참가하는 백일장마다 장원이나 최우수상을 곧잘 받아왔다. 나는 반반이었다. 장려상이거나, 빈손이거나.

이학년이 되어 나는 문예부장이 되었다. 백일장에서의 성과도 태가 좋았고, 시를 진지하게 대한 건 나보다는 태였지만 선배들은 녀석에게 아무런 직책도 주지 않았다. 그즈음 태는 꾸역꾸역 사랑시만 써댔다. 나는 후배들이 듣는 데서 짐짓 인상을 쓰며 말했다. 이런 것은 시라고 할 수 없지, 시도 뭣도 아니지, 혹시 쓰레기? 태는 묵묵히 나의 공격을 듣고 메모까지 했다. 그 모습이 더욱 역겨워 견딜 수 없었다. 병신 같은 새끼가 거지 같은 시로 상은 꼬박꼬박 잘도 받아와. 나는 태에게 무심한 척 최대한 공격적이었다. 나는 시를 안 써오는 일학년 몇을 손봐주었고 그들의 담임에게 잔소리를 들었다. 학생부에 불려갔고 문예반 담당 선생이 시말서를 썼다고 했다. 나는 그에게 흠씬 두들겨맞았다.

문예반 구석에서 담배를 피우며 장정일 시집을 읽는다. 누군가 문을 열고 들어온다. 선생인 줄 알고 황급히 담배를 껐다. 장초였다. 그리고 태였다.

"넌 다닐 데가 여기밖에 없냐?"
"그러는 너는 뭐 다르고?"

잠깐 쩨려보다가 그만둔다. 담배 냄새와 섞이는 땀냄새가 역하다.

"시팔돼, 넌 구석에 잠자코 있어라. 뒈지기 싫으면."

창밖에는 벚꽃 가득한데 문예반에 저 녀석이랑 앉아 시

나 읽고 담배나 피우고 땀냄새나 맡아야 한다니. 나는 시시때때로 모든 일에 화가 나서 견딜 수 없었다. 태에게도 마찬가지였지만, 참았다. 한 번만 더 문예반과 관련된 사고가 일어나면 동아리 자체를 없애버린다는 학생부장의 협박이 있었다.

책상 밑, 버린 장초를 줍는다. 다시 허리를 폈을 때 태는 물구나무를 서고 있었다.

벚나무가 보이는 창가, 그의 겨드랑이가 부들부들 떨며 냄새를 분출했다.

"뭐, 뭐 하는 거야……"

태가 팔로 제 몸을 곧추세우고 걷는다. 녀석은 거꾸로 걷고 있는 것이다. 녀석은 동시에 똑바로 걷는 것이다. 저 돼지가 드디어 미쳤네. 나는 읽던 시집을 둥글게 말아 들고 일어났다. 더러운 문예반 바닥을 향하던 태의 머리에서 무슨 소리가 들렸다. 태가 거꾸로 서서 윤동주의 시를 소리 내어

외운다.

"꿈은 깨어지고. 윤동주. 꿈은 눈을 떴다. 그윽한 유무에
서. 노래하는 종다리. 도망처 날아나고. 지난날 봄 타령하
던. 금잔디 밭은 아니다. 탑은 무너졌다. 붉은 마음의 탑이.
손톱으로 새긴 대리석 탑이. 하루 저녁 폭풍에 여지없이도.
오오 황폐의 쑥밭. 눈물과 목메임이여. 꿈은 깨어졌다. 탑
은 무너졌다."

"야, 닥쳐! 안 닥쳐? 시발 닥치라고!"

나는 왜인지 무서웠다. 돼지 같은 몸을 지탱하고 있던 태
의 손목을 걷어찼다. 태의 둔중한 몸이 쓰러지며 세워져 있
던 시화 액자들을 무너뜨린다. 바닥에 엎드린 태를 계속해
서 발로 찬다. 태의 몸에 내 발등이 닿는 소리가 시 낭송처
럼 들린다. 시인이냐? 네가 시인이야? 네까짓 게? 햄버거 같
은 놈. 병신 같은 놈. 꺼져! 꺼지라고!

문예반의 그 일이 있고 나서 벚꽃은 새로 피고 다시 지고

를 반복했다. 태와 나는 각자 다른 도시에 있는 대학에 입학했다. 그후로 태의 소식은 누구도 알려주지 않았다. 나는 가끔 신춘문예 수상자 명단에서 태의 이름을 찾아보고는 했다. 물론 내 이름을 찾은 후의 일이었다. 나는 여러 번 고배를 마셨다.

그리고 결국 시인이 되었다.

*

남쪽 도시에서 열리는 문학 행사에 가는 길이었다. 보기에도 딱한 몇 글자를 시라고 발표하고 있는 교수가 상을 받았다. 실소가 나오는 일이었지만, 나는 동행했다. 시상식에서 낭송을 하기로 되어 있었다. 나는 그의 대학원 제자였고, 올해 안에는 논문을 마무리해야만 했다. 무슨 시를 읽어도 부끄럽기는 매한가지였지만, 행사장에 모인 대부분의 문인은 개의치 않을 것이다. 박수를 치고 안부를 주고받은 다음 술을 마시고 권할 것이다. 교수는 유력한 잡지에 편집주간으로 있다. 모든 상황이 역했지만 나는 얼굴의 표피 속으로

진짜 표정을 감춘다. 보기 좋게 입꼬리를 올린다. 좋은 게
좋은 것이리라.

화장실에서 태와 닮은 남자를 보았다. 연휴의 첫날이자
토요일, 고속도로 휴게소는 사람으로 붐볐다. 인산인해가
된 화장실, 고약한 냄새에 고개를 돌렸을 때, 이상한 걸음걸
이가 보였다. 태의 걸음이었다. 그런 완벽하게 둥근 걸음은
다른 사람일 수 없다. 화장실에서 나는 그를 피했고, 결국
아는 척하지 않았다. 동행한 다른 시인과 대학원 동료들과
음료수를 나눠 마셨다. 그들이 내뿜은 담배 연기 사이로 물
구나무서는 남자가 보였다. 멀리서 그는 제 몸을 거꾸로 하
고 낡은 차의 하부를 보고 있었다. 이상한 행동이었지만, 휴
게소는 붐볐고 사람들은 바빴다.

*

시 낭송을 한다. 지역 시인들이 근엄하게 앉아 나를 쳐다
보고 있다. 첫 문장을 시작하다 말고 나는, 허리를 굽힌다.
단상 바닥에 손바닥을 마주 댄다. 내 몸이 맞바람에 밀려올

라가는 꽃잎처럼, 떠밀려 세워지고 있었다. 입에서 시가 줄
줄 나온다.

6

월

27

일

시

꿈과 대화

아는 동생이 결혼할 사람이 생겼다고 했다. 그 결혼은 조금 일러 보였다. 동생은 특정한 직업이 없는 이십대였고 시나리오를 쓰고 싶어했다. 동생과 결혼하겠다 나선 사람은 삼십대였고 시를 쓰고 싶어했다. 아니 이런 극적이고 서정적이라 합쳐서 최악일 수밖에 없는 커플이라니…… 나는 힘껏 반대하고 싶었지만, 인생은 드라마와 달라서 누군가의 중차대한 결심에 반대할 권리를 마땅히 가진 사람은 없다. 우리는 술을 많이 마셨고, 마지막에 마지막으로 한잔만 더 하자는 마지막 제안과 그에 대한 마지막 수락을 빌미로 대로변 편의점 파라솔에 앉았다. 초여름 공기가 노상에서 술 마시기에 좋았다. 그러나 곧 결혼한다는 새신랑 놈은 술에 취해 엎드려 자버렸고, 나는 시를 쓴다는 새신부와 만 원에 네 캔 세계맥주를 나눠 먹었다. 이제 시간은 새벽 다섯시를 향해 가고 나는 동생 놈만 일어난다면 자리를 박차는 것으로 끝인사를 대신하고 택시를 잡고자 했건만 녀석은 꿈쩍을 하지 않고 대로에는 택시 한 대 서 있지 않았다. 그때 일용직 노동자로 보이는 남성이 옆 파라솔에 앉아 편의점에서 사 온 컵라면을 먹는 것이다. 새신부가 말했다. 시를 쓰려면 진짜 삶을 알아야만 해. 새신부는 남성에게 말을 걸었다. 무슨 일을 하시느냐고. 어디 가시느냐고. 힘들진 않으시냐고. 남성은 새신부의 기대와는 달리 묵묵부답했다. 어린 치의 술주정 정도로 받아들인 것 같았고, 지극히 합리적인 반응이었다. 내가 말했다. 그거 민폐야. 그만해. 그렇게 싸움이 일어났다.

　　"네가 시를 알아? 시가 왜 진정성이 있어야 하는데? 너의 그깟 예술을 위해 새벽녘 컵라면 먹는 사람을 괴롭히는 게 진정성인가?"

"그래, 그렇고말고. 나는 시를 위해 무엇이든 할 수 있어. 방 한구석에 앉아 남들이 알아듣지도 못할 소리를 꿍얼거리는 게 시야?"

"많은 사람이 알아듣는 게 왜 중요하지? 그걸 누가 바라지? 누가 알아주지 않아도 계속 쓰는 행위 자체가 시를 위한 헌신이 아니겠어?"

"오로지 나를 위한 헌신에 우리가 무슨 의미를 부여해야 하지? 같은 아름다움이라면 최대한 많은 이를 위한 아름다움이 더 가치 있기 마련이야"

"아름다움과 추함을 판단하는 주체는 누구지? 평론가? 시인? 출판사? 그들이 과연 독자 개개인의 심미안을 위탁 운영할 자격이 있다고 보는 거야?"

"모든 시가 각각의 아름다움을 지니고 있다면, 그리고 그것이 무한히 상대적으로 평가된다면, 매해 쏟아지는 신인과 문학상과 지원사업은 어떻게 설명한 건데?"

"하지만 네가 아무리 그렇다 하더라도 현실에 기어코 참여하려는 시는 그 욕망 때문에 못나 보이기 마런이야. 그건 배우지 않아도 감각적으로 체득되지."

"아 그래서 너희 시인들은 온갖 사업에 시를 모아 보
내고 문학상을 받으면 서로 축하하고 SNS에 시집
출간을 알리는구나. 감각의 확산을 위해."

"비아냥거리는 태도로 쓰는 시가 오래 갈 수는 없는
법이지. 세계를 바라보는 인식이 뒤틀리기 마련이
니까. 겨우 그런 진정성으로 타인의 삶에 틈입하려
했나?"

"좋은 시가 된다면 내 인생 곳곳을 파먹듯 쓰는 판에
남의 인생이야 안 될 게 무엇이야? 타인의 지옥이라
면, 지옥은 시의 뮤즈가 아니라 할 수 없지."

"그러니까 그게 좋은 시라고 누가 도장을 찍어주냐
는 말이야. 좋은 시가 될 수 있다는 가능성만으로 타
인을 시에 가져오는 건 부당하다고 생각되지 않아?"

"당사자가 아니라면 닥치고 있으라는 말로 들리는데, 우리는 모두 우리 세계의 당사자야. 모두 연결되어 있다고. 골방이든 광장이든."

"그것참 끔찍한 세계네. 나는 나와도 멀찍이 떨어진 것 같은데, 남과 연결됐다는 나 자신은 대체 어디에 있는 나 자신이야? 그 연결성이 보여? 이 각박한 세상에서?"

"아니 그러니까……"

"아니 그게 아니고……"

컵라면을 먹던 아저씨는 절레절레하며 진작에 자리를 떴고, 곧 결혼한다는 시나리오 작가는 부스스 일어나 둘이 어쩌다 이렇게나 친해졌느냐고 물었다. 우리는 손등으로 입술을 닦아내고 있었다.

6

월

28

일

에세이

평화를 빕니다.

평화를 빕니다.

평화를 빕니다.

뜻밖에도

친구의 연락은 뜻밖이었다. 고등학교 시절 같은 성당에서 대여섯 명이 청소년부 활동을 함께했었고, 졸업 후 자연스럽게 연락하지 않게 되었다. 돌이키자니 우리는 꽤 가까웠던 것 같다. 주말 미사에 만나 그냥 헤어지지 않고 무리지어 영화를 보거나 볼링장이나 노래방에 가기도 했다. 우리는 각각 남고나 여고를 다녔고, 모임 안에 얇은 호기심이나 즉각적 끌림 같은 것이 작용하고 있는 건지도 몰랐다. 대만 청춘 영화를 볼 때면 남우세스럽게도 그날을 떠올리고는 하는데, 당연히 우리는 영화배우가 아니고 우리를 둘러싼 배경이 그렇게까지 아름답지는 않았으며 우리의 인생 또한 영화처럼 극적이거나 로맨틱하지는 않았으나 우리는 모두 십대였으니까, 그걸로 충분한 시절도 있는 것이라 믿어본다.

친구의 연락은 뜻밖이었다. 사실 우리는 수년 전 신도시 전철역 앞 패밀리레스토랑에서 마주친 적이 있다. 광주 어느 성당에 같이 다니던 우리가 여기에서 우연히 마주치다니? 혹시 이건 대만 영화? 당연히 그런 것은 아니었고, 친구는 친구대로 나는 나대로 가족과 함께였다. 친구는 엄마가 되어 있었고 나는 아빠가 되어 있었다. 신의 가호가 있었는지 우리는 초여름 아이의 손을 잡고 밥 사 먹으러 외출할 수 있는 정도는 된 것이다. 근 이십 년 만에 만났지만, 그저 가벼운 안부를 나누고 하려던 외식의 일정을 이어갔다. 큰마음 먹고 주문한 스테이크가 나왔다. 식전 기도는 하지 않았다. 나는 믿음을 잃어버린 지 오래였다.

친구의 연락은 뜻밖이었다. 친구는 내 시집과 산문집을 두루 읽었다 하였고 서명을 받고 싶다고 말했다. 오래전에 알던 사람이 내 글을 읽었다고 생각하면 꼭 얼음판 위에 있는 것만 같다. 과거의 기억에 기대 글을 쓰고 과거의 사람을 소환해 문장을 이었다. 내 삶을 들키는 것만 같고, 그의 삶을 훔친 나를 그들이 다그칠 것만 같으니까. 주저하며 넘어지지 않으려 너무 천천히 스케이트 날을 밀면 곧장 넘어진다. 신경쓰지 않고 빠르게 나아가면 더 크게 넘어질 것이었다. 나는 작게 넘어지고 크게 자빠지길 반복하였다. 친구는 내가 낸 책들을 따라 읽으며 그 꼴을 보아왔던 걸까? 우리는 약속 장소와 시간을 잡았다. 친구는 사정이 있어 멀리 나오지 못한다고 하였다.

친구의 연락은 뜻밖이었다. 만나기 하루 전 카톡에 친구는 자신의 영상을 보내왔는데, 뜻밖에도 국정감사의 한 장면이었다. 제목은 '파킨슨병 엄마의 절규—사람답게 살고 싶습니다'.

이십오 년 전쯤 우리는 무리를 지어 스케이트장에 갔다. 지금은 경기도 용인시에 사는 것만 알고 잘 연락이 안 되는 친구가 있는데, 녀석이 스케이트를 잘 탔다. 대구에 있는 공기업에 다닌다는 것만 알고 역시 지금은 연락이 닿지 않는 친구는 키만 껑충했지 균형감은 없어 매번 볼품없게 넘어졌다. 남자애 중에 나는 멋도 유머도 없이 그저 중간쯤 되는 실력으로 슬렁슬렁 얼음판을 밟아나갔다. 여자애들은 어땠더라? 괜히 밀치고 또 괜히 잡아주느라 바빴다. 우

린 자주 넘어지고 자주 웃음을 터트렸다. 지나고 보니 우리
는 다만 우리를 좋아했던 것 같다. 우리의 그 순간을, 우리
의 그 시절을.

　친구의 연락은 뜻밖이었다. 약속 장소에 친구가 왔다. 동
행한 분의 도움을 받아 초심자가 스케이트를 타듯 걸음을
옮겨 자리에 앉는다. 우리가 우리를 좋아하던 시절로 완전
히 돌아갈 수는 없을 것이었다. 얼음 위에서는 뜻밖의 일이
벌어지고는 한다. 친구는 내 딸의 안부를 물었다. 나는 친
구 아들의 안부를 물었다. 다행히 친구는 절규하고 있는 것
같지 않았다. 내가 다 알 수는 없는 노릇이지만, 우리가 우
리를 좋아했던 그 시절 우리가 함께 만들었던 빛이 여태 친
구에게 미량의 온기를 비추는 듯했다. 나도 그 시절 그 순간
의 기억으로 기어코 살아내고 있단다, 그렇게 믿고 있어, 하
는 말은 감히 건네지 못하고 깊이 생각만 했다. 오랜만에 하
는, 기도 비슷한 것일지도 몰랐다.

6
월
29
일

시

산과 집

아이는 중턱에서 숨을 고르며
이제 집에 가면 안 돼요? 묻는다
집에 가야지 하지만 정상이 곧이야
이왕 여기까지 왔으니 아깝지 않니
집은 언제든 갈 수 있고 정상은
오늘이 아니라면 또 언제 가보겠니
하지만 아이는 솔방울처럼 보채고
아이의 목소리가 작고 따갑다
어째서인지 산은 점점 멀어진다
나는 집이 정상이라면 좋겠다
아무도 아프지 않고 다치지 않고
손가락질받지 않고 유해하지 않고
집이 높은 정상이라면 멀리까지 볼 수 있겠지

스멀스멀 다가오는 불행을 미리 보고

슬쩍 흘려보낼 수도 있겠지 뷰가 좋다면

강이 보이면 호수가 보이면 공원이 보이면

발아래에는 집 대신 솔방울이 납작하고

좀 참고 따라올 수 없겠니 조갈 난 듯

아이를 타이른다 이따 가자 집은

집을 생각하니 산이 높기만 하다

영영 높아질 것만 같다 그곳에 닿지

못할까봐 두렵다 집이 없을까봐

무섭다 그만 내려갈까? 그 말을

하지 못해 메스껍다 아이가 나의 실패를

목격할 것이 두렵다 아이가 나의 두려움을

알아챌 것이 무섭다 아이에게 좋은 집을

학원가를 학군을 공원과 호수와 강이 보이는

집을 미래를 주지 못할 것 같다

무릎에 양손을 대고 허리 굽혀 숨을

몰아쉬니 솔방울이 말을 건다

아이가 아까 참에 집에 갔다고

가고 싶은 집이 있어 다행이지 않으냐고

나는 타박타박하는 소리를 부러 내며

정상을 등지고 현관 비밀번호를 눌렀다

아이가 기다리고 있었다

내 등을 쓰다듬으려

6

월

30

일

에세이

너희들은 나의 전부란다.
언젠가 곁을 떠나더라도
변하지 않는 진실이란다.

노래를 부르고 싶습니다

　이제 은재는 오학년인데 아직 말을 잘 못합니다. 좋아, 싫어 정도는 하는 것 같은데 듣기가 아주 귀해요. 몸짓이나 표정으로도 충분히 표현할 수 있기 때문이죠. 그걸로 충분하다면 굳이 말이란 걸 해야 하나 생각하기도 합니다. 물론 그걸로 충분하지 않죠. 우리는 좋음과 싫음 사이에 수만 가지 감정을 품고 살아가고 그건 은재에게도 마찬가지일 테니까. 은재는 은재야, 하고 부르면 저도 따라서 은즈이애애, 하며 대답하고는 합니다. 아냐, 이럴 때는 네, 해야지 하고 바로잡습니다. 하지만 이름을 부르는 데 이름으로 답하는 것도 괜찮을 수 있다고 생각합니다. 이름이 두 번씩 불리는 셈이니, 김춘수 시인의 말마따나 두 배나 우리는 우리가 될 수 있는 것입니다. 이름을 부를 때에야 우리는 그 이름으로 존재할 수 있으니까요. 그러니 오늘도 은재야, 은재야, 하고 불러봅니다. 이응과 지읒은 혀의 움직임이 자연스러워 발음하기 편합니다. 그런데 은재에게는 자연스러운 발음이란 없는 것도 같아요. 한 글자 한 글자 정성스럽게 소리를 냅니다. 가령 학교에 갈 때, 다녀오겠습니다, 해봐 하면 다, 녀, 오, 겠, 습, 니, 다 하고 한 자 한 자 끊어 소리를 냅니다. 소리마다 높낮이가 다른 음을 내기도 해요. 그러니 은재의 말은 종종 노래가 되는 것입니다. 안녕하세요 노래, 잘 먹었습니다 노래, 안녕히 가세요 노래, 고맙습니다 노래…… 모든 게 노래가 되는 마법……이면 좋겠지만 결국 말이라는 걸 해야만 하겠죠. 은재도 누군가 부르면 짧고 간결하게 답할 줄 알아야겠죠. 길고 복잡한 문장도 제 입술로 뱉어내야겠죠. 많은 부모가 아이의 장래를 상상하거나 걱정하듯 저 또한 그렇습니다. 은재가 특수학교를 졸업하고 성인이 되면 무엇을 할까요? 무엇을 할 수 있을까요? 엊그제에는 은재 학교 숙제로 가족들의 응원 메시지를 쪽지에 적어 오는 게 있었어요. 그걸 학교 복도에 설치한 희망 나무에 건다고 하더군요. 저는 거기에 은재야, 너는 무엇이든 할 수 있어! 하고 적었습니다. 그렇게 은재에게 말하니 은재가, 이 써! 노래하듯 따라 합니다. 그러면 저는 노래를 부르고 싶어지는 것입니다. 노래를 부르고 싶습니다. 모든 게 노래가 되면 좋겠습니다. 은재가 무엇이든 할 수 있는 게 아니라, 세상의 무엇이든 말이 될 수 있으면 좋겠습니다. 그게 노래일수도 있겠죠. 그럼 우리는 서로를 노래하듯 부를 텐데요, 마치 은재가 아빠를 부르는 것처럼. 수만 가지 멜로디와 리듬과 화음을 갖고서요. 적당한 몸짓도 섞어가면서. 그건 춤이라 할 수 있을까요? 그것참 귀할 것 같습니다. 그것참 아름다울 것 같습니다. 가끔은 슬플 것 같습니다. 그래도 좋을 것 같습니다. 말이 노래라면, 시가 노래라면, 우리가 노래였다면.

좋음과 싫음 사이

ⓒ 서효인 2024

초판 1쇄 인쇄 2024년 5월 21일
초판 1쇄 발행 2024년 6월 1일

지은이 서효인
펴낸이 김민정
책임편집 김동휘 **편집** 유성원 권현승
표지디자인 한혜진 **본문디자인** 최미영
저작권 박지영 형소진 최은진 서연주 오서영
마케팅 정민호 박치우 한민아 이민경 박진희 정유선 황승현
브랜딩 함유지 함근아 고보미 박민재 김희숙 박다솔 조다현 정승민 배진성
제작 강신은 김동욱 이순호
제작처 영신사

펴낸곳 (주)난다
출판등록 2016년 8월 25일 제406-2016-000108호.
주소 10881 경기도 파주시 회동길 210
전자우편 nandatoogo@gmail.com **페이스북** @nandaisart **인스타그램** @nandaisart
문의전화 031-955-8875(편집) 031-955-2689(마케팅) 031-955-8855(팩스)

ISBN 979-11-91859-94-2 03810